熱血一刀流㊀

岡本さとる

角川春樹事務所

目次

熱血一刀流◆一

第一話　荒くれ達

一

江戸に着くと、世は宝暦となっていた。

前年に桜町上皇が崩御。

今年の夏に徳川家八代将軍にして、その座を家重に譲った後、大御所として君臨していた吉宗が薨去。

さらに近年続いた天変地異などもあり、寛延四年（一七五一）十月二十七日をもって改元となったそうな。

「さて、これから剣術は、どう変わっていくのであろう」

忠太は賑わう木挽町の通りを眺めながら、呟くように言った。

袖無し羽織に野袴、編笠を被り、腰には武骨な拵えの大小をたばさむ。

体付きは中背ではあるが、胸板は厚く、四肢はいかにも引き締まっている。

歳のほどは四十を過ぎたくらいであろうか。鼻筋が通った端整な顔には太い眉が切れ上がっていて、豪傑の風情が漂うが、身に備った分別がそれを穏やかなものにしている。

忠太がどこぞの剣客であるのは、誰の目にも明らかだ。

姓は中西、諱は子定。

豊前中津十万石・奥平家の江戸表にて剣術指南を務める、小野派一刀流の遣い手である。

国表での出教授を務め、忠太は約半年ぶりに帰府した。

彼の目には、偉大なる将軍であった吉宗の喪に服さねばならぬはずの町の様子が、

「どうも浮かれているような……」

そんな風に見える。

質素倹約を奨励し、幕府の財政を建て直したとはいえ、贅沢を押さえつけられてきた町の者には、享保から続く時代はなかなかに窮屈であったに違いない。

時代は文化の爛熟に向かっていくことだろう。それが剣術にどのような影響を及ぼすのか。忠太には気になるところであった。

彼は今しも、奥平大膳大夫昌敦の江戸上屋敷で帰府の挨拶をすませて、師範代を務

める浜町の小野道場に向かっていた。

主家からは、剣術指南の他は自儘に修行することを許されていて、忠太は長く小野道場で学んでいた。

それゆえ、一人の剣客として身軽に動けるように、こたびの旅も老僕の松造一人を供にした、小廻りの利くものであった。

松造は忠太に話しかけられても多くは語らぬ。

剣術指南への情熱には並々ならぬものがある忠太は、時に今の想いを熱く語る。

松造は、それにいちいち反応していると疲れ切ってしまうので、四十過ぎにして青年のような心を持つ主を敬いつつ、むしろ聞き手に徹して、忠太の熱を冷まさんとするのだ。

主が道中の徒然にあれこれと話しかけ、老僕が穏やかに相の手を入れて聞き入る――。

いつものように道行くと、湊橋にかかる手前で、冬の張り詰めた風に乗って、不穏な響きが届いた。

男達が集まって闘っているような、勇ましさと恐ろしさが入り交じったものだ。

剣客である忠太には実に気になる。

「行ってみるか……」

彼は松造にひとつ頷(うなず)くと、物々しい音が聞こえる方へ歩みを進めた。

そこは霊岸嶋(れいがんじま)の盛り場の外れにある空地のようだ。

「思い知ったか、この野郎！」

「それがお前らの剣術か！」

勇ましい言葉が明らかになった。

見れば、剣術稽古(けいこ)用の袋竹刀を手にした若い武士達が、二組に分かれて喧嘩(けんか)をしているようだ。

一見すると五人対五人。

既(すで)に勝負はあったらしく、一方は三人がその場に倒れ、残る二人も体のあちこちに痛手を受けて、立っているのがやっとの様子。

もう一方はというと、一番年若の一人が左の腕を右手で押さえて顔をしかめているものの、他の四人は、

「おう、まだやるのか」

「ふん、相手をしてやるから、かかってきやがれ」

「何ならおれが一人で相手をしようか？」

「いや、こんな奴らはおれ一人で十分だ」

と、口々に言い募りつつ、じりじりと前に寄っていく。

「おのれ……」

「このままですむと思うなよ」

劣勢にあっても、尚も戦わんとする二人の心意気は見上げたものだが、優勢の若者達は、らんらんと輝く目の光といい、ちょっとやそっとでは倒れぬぞという、不敵な面構えと物腰が際立っている。

最早勝負は見えているし、劣勢の二人の顔には見覚えがあった。

「うむ？　確か、青村と……、あれは玉川ではないか……」

二人は小野道場の門人で、青村理三郎、玉川哲之助という二十歳になるやならずの若者であった。

いずれにせよ、このまま放ってはおけなかった。

忠太は、つかつかと争闘の場へ割って入り、

「これ、まずその辺りにいたさぬか」

と、優勢の五人を窘めた。

四人と左腕を押さえた一人は、きっとした目を忠太に向けて、

「どこのどなたかは知らぬが、これは武士と武士の意地をかけた立合でしてね」

その中でも兄貴分らしき一人が、小癪な口を利いてきた。

「何なら、こいつらの助太刀をしてやればどうだ」

「こっちも、骨のない奴らを相手にして、物足りないと思っていたところでねえ」

これに二人が続けたが、いやはやどれも口はばったい――。

忠太は怒らずに、

「おれももう好い歳でな、その方ら相手に立廻るのは勘弁願いたい」

笠の下からにこやかに応えた。

「ならば引っ込んでいよ。おれ達は残る二人を叩き伏せて、勝負の決着をつけねばならぬのだ」

兄貴格が吠えた。

「いや、そうもいかぬのだ。おれも止めねばならぬ理屈があってな」

忠太はそう言うと、編笠を脱いだ。

「な、中西先生……」

「お、お戻りでございましたか……」

青村理三郎と玉川哲之助は、忠太を見て目を丸くすると、面目なさそうに肩をすぼめた。

「中西先生……？」

忠太にとって意外であったのは、優勢の五人組もまた、青村と玉川の言葉に反応して目を丸くしたことだ。

「何だ、おれを知っているのか？」

「道場で噂を……」

「何だと？　ならばお前達も、小野道場の門人なのか」

「先生が旅に出られてから入門した者で……」

「お前の名は？」

「安川市之助……」

「あとの四人は？」

「新田桂三郎……」

「若杉新右衛門……」

「平井大蔵……」

「今村伊兵衛……」

五人は一様に仏頂面で名乗りをあげた。

小野道場では、高弟であると聞かされていた中西忠太に、同門同士での袋竹刀による喧嘩を見られたのだ。

どうせ破門になるのだと、ふてくされてしまったのであろう。

忠太には、やたらと媚びる者よりも、かわいく思えて、

「同門でのことなら、道場内で話をつければよい。面倒な手間はいらぬというものだ」

頭ごなしに叱りつけずに、

「何ゆえこのような立合に及んだのか、それを訊こう」

穏やかに問いかけた。

「いや、それにつきましては、安川達に非がございまする」

青村が口を尖らせた。

彼が言うには、安川市之助達はまだ新入りのくせに態度が大きく、型や組太刀の稽古を怠ってばかりいるらしい。

青村と玉川は、それが不快で何度か注意を与えたのであるが、

「安川は薄ら笑いを浮かべて、型や組太刀などできずとも、お前さん達よりも、おれ達の方が強い。何なら試してみるかと、喧嘩を売ってきたのでございます」

青村は忠太に訴えた。

安川は気色ばんで、

「ふん、ものも言いようだな」

青村を睨みつけた。

忠太にはわかる。

青村と玉川は少しばかり理屈っぽい若者である。

注意した、意見をしたと言うが、定めて新入りの安川達を小馬鹿にしたような物言いをしたのに違いない。

小野道場は、代々次郎右衛門を名乗り、将軍家指南役を務める旗本・小野家が開く、由緒正しき稽古場である。

一見したところ、安川、新田、若杉、平井、今村の五人は、身分ある武家の子弟とは言い難い。

身分卑しき者達が、ちょこざいにも道場の教えをないがしろにし、乱暴な振舞いをしているのが許せなかったのだろうが、安川達にしてみれば、

「高慢で鼻持ちならぬ奴らだ」

となる。

「文句があるなら袋竹刀で、どちらが強いか勝負しようではないか」

そう言いたくなるのは無理からぬことだ。

「うむ、話を聞けば安川達に非があるようだが、型や組太刀などできずとも、お前達よりも強いというのは確かであったな」

忠太は、少しばかり安川達の肩を持ってやりたくなり、からからと笑ってみせた。

安川達の表情も和らかくなった。

噂では、中西忠太は厳しい師範であると聞いていたが意外や、話のわかるおもしろい男ではないかと思ったのであろう。

「いや、まだ勝負はついておりませぬ」

玉川は憤慨したが、袋竹刀で打ち合って、三人はもう動けなくなっている上に、玉川も青村もそれぞれ足を引きずり、右の腕は腫れあがっている。

「そう強がるではない。仲よくせよとは言わぬが、果し合いはこれまでとしろ、いちいち袋竹刀で打ち合っていては身がもたぬ。剣術の稽古をしに来て体を壊しては元も子もなかろう」

忠太は厳しく窘めた。

「このことは、道場の師範達には内緒にしておくから、帰るがよい」

忠太は助け船を出してやったのだが、

「いや、どうやら内緒にはできぬようだ」

すぐに頭を掻いた。

湊橋の方から、急を聞きつけたのであろう。小野道場の師範代・有田十兵衛が、数人の門人を率いて足早にやって来るのが見えたのである。

有田は口うるさい男で、今は道場の差配を任されている。

「とにかく、足が動く者はすぐに逃げろ……」

忠太がそう告げた時には、安川、新田、若杉、平井、今村の五人の姿は既になかった。

――ふふふ、逃げ足の速い奴らだ。

忠太は苦笑いを浮かべたが、彼の目には逃げた五人がかわいく映っていた。

「たわけ者が！　そこで何をしておる！」

有田十兵衛が駆けつけて来て、

「何じゃ、忠殿か……」

まじまじと忠太を見た。

「いやいや、ちと見ぬ間に、門人達も皆たくましゅうなりましたな。結構結構！」

忠太は有田に小腰を折ると、豪快に笑ったものだ。

殺伐としたその場がたちまちのうちに和み、冬晴れの陽光がやさしく降り注いでいた。

二

湊橋を渡り、箱崎川を越えると、浜町入堀はすぐ近くである。

ここに小野次郎右衛門屋敷はある。

世に名高き〝小野派一刀流〟の総本山である。

そもそも一刀流は、伝説となった剣豪・伊東一刀斎景久を祖とする。

伊豆伊東の生まれゆえ、伊東と名乗ったというが定かではない。

関東無双の遣い手として戦国の世に名を挙げたのであるが、彼が諸国行脚をした折に、神子上典膳なる者が供をしたという。

元は戦国大名・里見家に仕える豪勇の士であったのだが、一刀斎の評判を聞き仕合を申し入れたところ薪ひとつで軽くあしらわれ、弟子入りをしたのである。

やがて一刀斎は、徳川家康の上覧において、彼の剣に感嘆した家康から誘いを受けるが、一刀斎はこれを辞退して、弟子の典膳を推挙した。

こうして典膳は、のちに徳川二代将軍となる秀忠の剣術指南として幕臣となった。

その折、善鬼なる兄弟子の怒りを買い、

「何れか勝った方に極意皆伝を許されとうござりまする」

と、善鬼は一刀斎に談じ込んだ。そして典膳は善鬼を果し合いにて討ち果し、一刀流を受け継ぐことになる。

姓も、母方の小野とし、秀忠から一字賜り、名を忠明と改めたのである。

この辺りの伝承には諸説あり、疑わしいところがあるものの、以後、一刀流は柳生家の柳生新陰流と共に、将軍家指南役の流儀として栄えてきた。

忠明は、弟の忠也に、師・一刀斎の跡を継がせ、息子の忠常に小野家を継がせた。

以来、一刀流は伊東派、小野派の二派に分かれた。

豊前中津奥平家では、小野派一刀流が盛んで、中西忠太は小野家第四代・次郎右衛門忠一に学び、たちまち師範代となり、主家の剣術指南を務めるまでになったのである。

小野忠常の代には、八百石の旗本となった小野家である。立派な長屋門を構え、付属する武芸場も寺院の御堂を思わせる趣のある佇いであった。

中西忠太の血と汗もここに刻まれている。

ひとまず有田十兵衛や門人達と共に、道場へ入った忠太であったが、当主である次郎右衛門忠喜(ただよし)は、

「生憎(あいにく)、津軽(つがる)様の御屋敷(おやしき)へ、稽古に出ておられてな」

と、十兵衛は言う。

「左様でござるか」

忠太は内心ほっとしていた。

師であった忠一は、十三年前に七十九歳でこの世を去っていた。

忠一の息・忠久(ただひさ)は早世で、その子の忠方(ただかた)も二年前に亡くなり、当主・忠喜は師の曽孫(ひまご)にあたる。

まだほんの少年である忠喜は、小野家の主であっても、忠太の主筋でもなく、師とは言えない。

旅から戻った挨拶をしたとて、何と話せばよいかよくわからないのだ。

師への恩を思えば、忠太が忠喜の後見をして、剣を仕込めばよいのだが、師・忠一は生前忠太に、

「この道場では気の向くままに稽古をすればよろしい。おぬしは己が道場を開き、中西の一刀流を切り拓(ひら)くのじゃ。おぬしなら、また新たな一刀流を生み出せるはずじゃ。

ゆめゆめ、小野の者に構うではないぞ」

と、言い遺していた。

極意を伝えるべき息子が病弱でその早世を予想していたのか、忠一は一刀流の正統を、武芸抜群の津軽家四万六千石の当主・信寿に伝えた。

信寿は、一刀流は小野家が継ぐべきであると、忠一の孫・忠方に授け返した後、五年前の延享三年に没した。

一刀流は将軍家の流儀である。さぞかし肩の荷が下りたというところであろうが、その忠方も三年後に亡くなってしまったのである。

津軽家としては、忠喜には何とかして立派な小野家七代になってもらいたいと、近頃は家中の小野派一刀流の遣い手を動員して忠喜に稽古をつけているようだ。

小野家としても、忠喜の養育には懸命に取りくんでいるところであるから、若い門人達に構っている間はない。

忠一からは、自分の一刀流を切り拓けと言われた忠太であるが、忠喜の養育からは外れている分身が空くので、有田十兵衛を手伝い、師範代として稽古をつけていたのだが、

「忠殿が九州へ行っている間は、もう大変であったぞ」

有田はぼやくことしきりであった。

彼もまた忠一に実力を認められ、師範代にまでなったのだが、忠喜の養育からは外れている。

といっても、忠太のように己が道場を持ち、新たな一刀流を切り拓けと言われているわけでもない。

自ずと小野道場に通う若い門人達を教える立場になったのだが、

「あのたわけ共には心底愛想が尽きた……」

と、吐き捨てるように言った。

小野家は、入門を請う者には寛大で、身許さえしっかりしていれば、ひとまず道場で稽古をすることを許している。

霊岸嶋で暴れていた五人も、旗本や大商家などの口利きで入門してきたのであるが、

「口を利いた者は、謝礼の金に目が眩んだようだ……」

安川市之助を筆頭に、何かと反抗的で、他の門人とすぐに揉める。

厳しい稽古に堪えるだけの性根は据っているのだが、その元気はすべて喧嘩の源になるらしい。

「今日も今日とて、ついにやりよった……」

若い連中は自分に似た者がいると、ぶつかり合うか、馴染むか、ぶつかり合った後に友となるか――。

いずれにせよ、いつの間にかひとつの群れが出来る。それが荒くれの一群であれば、今日のような決闘が起こってしまうと有田は嘆いた。

「我らが剣を学んでいる頃は、己を律し、徒らに人と交じわらず、まず己が修養を成し得た上で、同門の士とゆったりとした友情を育んだものだ」

「そのようなものであったかな……？」

自分はそれほど若い頃に老成していなかったし、有田とて昔は随分とうわついていたはずだと忠太は思ったが、

「そのようなものであった！　少なくとも、あの破落戸達のように徒党を組んで、暴れるようなことはせなんだ」

有田十兵衛という男は、昔を美化して、若者を認めぬところがある。

「まあ、おぬしは随分と大人であったな……」

忠太は適当に話を合わせておいた。

忠喜の養育から外れて若い門人を教えることが、貧乏くじだと思っている有田であるから、ここは機嫌よくさせておくに限る。

「まあ、あの者達に比べればな……」

その甲斐あって、有田の顔も幾分綻んだ。

あの五人は、忠太が旅に出ている間に入門したわけだが、自分がいれば、もう少し剣術の楽しさを教えてやれた気がする。

有田が厳しい処分を下さぬように、忠太は連中へのささやかな援護をしておこうと思ったのだ。

「安川達も、十兵衛殿に学ぶうちに、また剣術が何たるかを思い知ろう」

有田はそれには応えずに、

「忠殿も長旅の疲れもあろう。帰府をしたかと思えば、すぐに浜町を訪ねるのはいかにも忠殿らしいが、また気が向いた時に寄ってくれればよいゆえ、まずは帰ってゆるりとなされよ」

と、気遣ったのである。

三

「父上……」

道場を出たところで呼び止められた。

「なんだ、稽古はもうよいのか」

忠太が振り向くと、息子の忠蔵が立っていた。

「有田先生が、今日はもう帰るがよいと……」

忠太を若くすればこのようになる。そう言われてきた息子であるが、年々、鏡を見ているような気になる。

歳は十八になった。

父が子を教えるというのもどこか照れくさくて、子供の頃から忠蔵は小野道場に預けてあった。

やがては忠蔵も、奥平家の臣として出仕をせねばならぬ身であるから、近頃では奥平家への出教授には、忠蔵を供に連れて行くことも多い。

とはいえ、九州の国表への旅に息子を連れて行くのも気が引けて、この半年の間は自宅から小野道場へ通わせていた。

今日も稽古場にいるのはわかっていたが、有田十兵衛に帰って体を休めるよう気遣われた上は、稽古をするわけでもない身が顔を出すのもはばかられて、そのまま出て来たのである。

有田はそれをわかっているゆえ、さらに気遣って忠蔵に声をかけたようだ。

「十兵衛殿が帰れとな？　ふふふ、最前、少しばかりおだてておいたのだが、それが利いたようだな」

「はい、そのようです」

忠蔵は笑みを返すと、恭しく立礼する松造の肩を労（いたわ）るように軽く叩いた。

藍染（あいぞめ）の木綿袴に、浅葱（あさぎ）色の羽織を引っかけて、腰には脇差（わきざし）。手には木太刀と袋竹刀を入れた袋。実に爽（さわ）やかな若武者ぶりに、松造は見惚（みと）れるばかりであった。

「さて、参るとするか。ちょうどお前に訊きたいことがあったのだ」

忠太は忠蔵を促して歩き出した。

忠蔵は心得たもので、

「安川達のことですか？」

「ほう、少し見ぬ間に鋭うなったの」

「いえ、道場はその噂で持ち切りでございましたゆえ」

「左様か。確か、安川市之助、新田桂三郎、若杉新右衛門、平井大蔵、今村伊兵衛……、であったな」

「さすがは父上、もう覚えられましたか」

「師範と呼ばれる者は、まず門人の名を覚えることから始めねばならぬ」

「それならば、わたしは師範にはなれませぬ。ついさっき食べた物すら忘れてしまいますゆえ」

「おれなどは、自分がどこへ行くつもりで外へ出たかも忘れてしまうわ」

「ふふふ、左様でございました」

「何を忘れたとて、門人の名は忘れぬ。それだけのことだ」

「なるほど……」

「五人は仲がよいようだな」

「相通ずるものがあるゆえ、一緒にいると楽なのでしょう」

「〝類を以て友とす〟というところか」

「はい」

「随分と有田十兵衛が手を焼いているようだが、相当厄介な連中なのか?」

「わたしはそうは思いません。時々言葉をかわしたりしますが、皆、気の好い奴ばかりですよ」

　忠蔵から見ると、あの五人は小野道場に入門すれば、すぐに強くなると思っていたが、型や組太刀に終始する稽古が続くと、自分の強さがはかり知れない。

　それで、何かと言うと袋竹刀での仕合を望むのだが、

「徒らに打ち合っては、剣の筋が狂うものだ」

と、頭ごなしにはねつけられる。

「剣術とは理屈でするものか……」

若くて己が力を持て余す安川市之助などはそんな気持ちになる。

これに賛同したのが、新田、若杉、平井、今村の四人であった。

同じ想いの者がいると気も大きくなる。

師範代におもねり、自分達を馬鹿にする者に、攻撃的になるのも仕方がないのではないか。忠蔵は同情を覚えると言う。

「左様か……」

忠太は、忠蔵の意見に満足した。

連中は、忠太が見た通り、しかるべき武家の出ではないらしい。

世を拗ねてしまうのも頷けるし、本音では剣術が好きであるはずだ。

それに、袋竹刀での決闘では、青村、玉川といった兄弟子達を圧倒する腕っ節の強さがある。

忠太が安川達を、

――荒くれながら、なかなか骨のあるおもしろい奴らではないか。

と、見たのと同じ想いを忠蔵が抱いていることが嬉しかった。

「お前は、安川達と揉めたりはしなかったのか？」

「一度もありません。わたしも奴らの〝類〟なのでしょう」

「とはいって、つるんだりもせぬか」

「声をかけてはきますが、誘いをかけてはきませぬ。わたしが父上の息子であるので、そこは気が引けるのかもしれません」

「そうか、お前にも苦労をさせているようだな」

「とんでもないことでございます。安川達の気持ちはよくわかりますが、奴らもちと乱暴が過ぎます。それに加わるつもりはありません」

「ふふふ……」

「おかしゅうございますか？」

「いや、お前は父より人間がよくできていると思うてな」

「できているとすれば、父親譲りなのでしょう」

はにかむ息子を見て、忠太は幸せそうに頰笑むと、おれに構わず、あれこれ手助けをしてやるがよい。

「奴らの気持ちがわかったのなら、ことの外よい友となるかもしれぬぞ、友は大事じゃ」

何度も頷いてみせた。

剣術を極めるというのは、何よりも自分との戦いである。

己が体に鞭打ち、己が精神を律し、精進を重ねるのだ。

自分より技量の勝る者を超えることを目標と定め稽古を重ねるうちに、己が強さに気付く。

その時の嬉しさを味わうのが、格別の喜びなのだが、ともすれば振り返れば誰もいないという、孤独に苛まれもする。

だが、そこに切磋琢磨した友がいればこれほどの安心はない。

忠太はそう信じている。

熱く語るうちに、三人は柳原通りへ出て、和泉橋を渡っていた。

真っ直ぐ行くと、武家屋敷がこれでもかと建ち並ぶ御徒町で、西へ入ると練塀小路の通りに出る。

ここもまた武家屋敷街で、南側に立派な武芸場を構えた屋敷があった。

中西父子の住まいである。

師・小野次郎右衛門忠一から、己が道場の開設を勧められ、主家からもそれを認められ、この道場を得た。

しかし、道場を構えてすぐに師がこの世を去り、それから小野派一刀流には激動が続いた。

ここに門人を集め、師匠筋のことには我関せずにいられる忠太ではなく、長い間〝開店休業〟となっていた。

忠一は、

「小野の者に構うではないぞ」

と言ったが、小野道場を放っておけるわけもなく、主家への剣術指南の他に、小野家が抱えていた大名、旗本家への出稽古の代教授も引き受けてきたので、じっくりここにいられなかったのだ。

前述したように、忠太は絶えず一剣客でいることを望んだから、家人は老僕の松造一人だけで、随分と前に妻を亡くしていたので、広い道場のある屋敷に息子と三人だけの暮らしが続いていた。

それでも、時に奥平家中の者が訪れたり、小野道場に行事がある時などは、門人達の稽古場となったから、それなりに重宝している。

何よりも心ゆくまで忠蔵に稽古をつけられるのがありがたかった。

掃除や洗濯などは、工夫次第で体の鍛練になるので、松造に任せきりではなく、忠太、忠蔵共に精を出した。

それゆえ、日々の暮らしに困らなかったが、

「さて、戻った。やはり我が家はよい」

いよいよ冠木門を潜ったとて、すぐに食事というわけにはいかない。

「時に忠蔵、〝つたや〟はまだ潰れてはおらぬか」

「はい。女将も変わりがございません」

「それはありがたい。ならば、着替えをすませたらすぐに参ろう」

どうやら、食事は外に当てがあるようだ。

四

温かな湯気が、店の内中に漂っていた。

〝つたや〟は、練塀小路から目と鼻の先の神田松永町にある一膳飯屋である。

この頃は、料理屋、煮売り屋、そば屋など飲食を供する店が増えてきた。

年々人口を増す江戸の町においては、独り身の者などは、いちいち菜を買って飯を炊くのは手間がかかる上に、費用もかさむ。

外食する方がかえって安上がりというものだ。

そのような世情から、一膳飯屋も町で多く見かけるようになった。

中西忠太も、女中を置くよりこの方が気も遣わずに済むと、いつしか〝つたや〟が自宅の食堂のようになっていた。

「まったく、先生のお蔭で、毎日大変でございますよ」

これが女将のお辰の口癖であった。

お辰はそもそもが酒問屋の娘で、同業の商家に嫁いだものの、嫁ぎ先で酷い嫁いびりを受けてすぐに出戻ったという。

とはいえ、追い出されたのではない。

ある日堪忍袋の緒が切れて、姑を布団でぐるぐる巻きにして、酒の空き樽の中に放り込み、

「おっ義母さんの姿が見えないので、捜して参ります」

と、言い置いてそのまま家を出て帰らなかったのである。

こうなると実家にも戻り辛く、この町に茶屋を開いて、気儘に暮らし始めたのだそうな。

姑との件りは何度聞いても腹がよじれるくらいおもしろいのだが、茶屋が一膳飯屋になってしまったのは、忠太のせいであった。

屋敷の近くの茶屋ということで、毎日のように茶を飲みにいくうちに、お辰が顔馴染みになった忠太、忠蔵父子に気遣って、

「おむすびくらいなら拵えますから、申し付けてくださいまし」

などと言ったのがいけなかった。

「それはありがたい、いやいや、ほんに助かる」

などと、満面に笑みを浮かべて喜ばれると、つい嬉しくなって、

「同じ塩むすびばかりでは飽きてしまいましょう」

と、握り飯の中に梅干を入れてみたり、味噌を塗って炙ってみたり、工夫を凝らすこととなった。

「そなたの拵える握り飯は、天下一品だな。もう誰が拵えたとて、食べられるものではない。真に困ったぞ」

忠太は、新種が出る度に大喜びをする。

「先生はお弟子さんを、そんな風に誉めるのですか？　だとすれば、さぞかしやる気が出ることでしょうねえ」

お辰は、つくづくと言ったものだ。

そうするうちに、茶屋〝つたや〟におむすびを求める者が出てきて、いつしか店の

名物になってしまった。

だが、茶屋を切り盛りしつつ、飯を炊いて握るのは、注文が増えれば増えるほど面倒になる。お辰は次第に嫌気がさして、

「もう、お腹が空いたのなら、碗によそったのを食べてくださいまし」

腹を空かしてきた客には、飯と漬け物を出すようにした。

これならいちいち握る必要もないので、お辰は随分と楽になった。

店の品書きからはおむすびを外し、あくまでも中西父子の持ち帰り用に、握り飯はそっと拵えることにしたのである。

ところが忠太は、

「そうだ、飯と漬け物、これがあればよいのだ」

握り飯を持ち帰るだけではなく、店で漬け物で飯を食べるようになった。

「なんだ握り飯はねえのかよ」

茶屋で漬け物で飯を食べるのも気が引けて、この〝漬け物飯〟は客に人気がなく、店は元の茶屋に戻りつつあったというものを――。

お辰は困った。

忠太が忠蔵と老僕の松造と三人で、

「うまい、うまい、そなたの飯の炊き方は、見事と言う他はない」

などと言って、美味(うま)そうに漬け物を菜に、飯を食べる姿を見ると、

「お漬け物だけじゃあ、物足りのうございましょう」

ついそんな言葉が口をつき、炙った干物を付けてみたり、蜆(しじみ)の味噌汁を拵えてしまうのだ。

忠太が、これに感激せぬはずがない。

そして、〝つたや〟はいつしか茶屋から、一膳飯屋に変わってしまったのである。

婚家から出戻って、気楽に茶屋の女将として生きていこうとしたものの、お辰は三十になるやならずで一膳飯屋の女将になってしまったのである。

「先生のお蔭で毎日、毎日大変でございますよ」

と言ったとて、罰は当るまいとお辰は思っている。

だが、出戻り女を好奇の目で見る者は多い。

お辰は、子も産んでおらぬゆえ、肌艶(はだつや)もみずみずしく、さっぱりとした気性が受けて、なかなかに男の目を引くのだが、無理に言い寄ってくる男達はいない。

それは、中西父子が家族のように日々訪れて、飯を食べていくからであろう。

「この店があるお蔭で、我が中西家は助かっている」

忠太は常々そう言っているが、

――ああ、また調子の好いことを言っているよ。

お辰の心の内は複雑だ。

それでも忠太が、忠蔵と老僕の松造と、長床几（ながしょうぎ）に腰を下ろして、にこやかに飯を食べる姿は何とも頬笑ましくて、

――まあ、一膳飯屋の女将も悪くはないか。

そのように思えてくる。

忠太が声高らかに、

「うまい！」

を連呼してくれるお蔭で店も繁盛している。

繁盛したのでお運びの女中も雇うことが出来た。

そもそもが酒屋の娘であるから、そっちの方の仕入れも楽だし、茶を売っているより割がよかった。

どうせ自分の三度の飯は食べねばならないのだ。

――まず、中西先生が来てくれて、よかったということにしておこう。

とどのつまり、気持ちはそこに落ち着くのである。

この半年ほどの間は、一人で飯を食べに来る忠蔵が、

「この店があれば、一人でも生きていける……」

父親譲りの誉め言葉を連呼するものだから、お辰は母になった想いで、若き剣士の胃袋を充たしてやってきたのだが、

「おお、女将、達者そうでなによりだったな。旅の間はここの飯が恋しゅうて仕方がなかったぞ！」

久しぶりに顔を見せるや否や、そう言って頬笑む忠太の誉め方は、さすがに年季がいっている。

「これは先生、ご苦労さまでございました。そろそろお帰りのようだと、若先生に伺っておりましたので、ちょいとばかり好いお酒を用意していたのでございますよ」

お辰は思わずうきうきとして、気の利いた言葉をみつくろって迎えていた。

このところ、どうも何か物足りない心地がしていたのは、これであったのかと、お辰は思い知らされていたのである。

五

――おかしな親父さんだねえ。

お辰は無言のうちに中西忠蔵に語りかけていた。

いつものように忠太は、

「うまい！」

を連呼して、鮒の甘露煮、大根の煮物で一杯やると、忠蔵と松造にも酒を飲ませて、

「おい、忠蔵、お前は剣術がこの先どのように動いていくか、それを考えたことがあるか？」

熱く語りかけた。

忠蔵は十八であったはずだ――。

もう元服をすませた立派な大人ではあるが、議論する話題としては、なかなかに壮大な内容であろう。

それを息子相手に真顔で問いかける姿は、一膳飯屋の女将の目からは、どこか滑稽に見えるのである。

だが、忠太は他人の目も耳も気にすることなく語る。

それを嫌がりもせずに聞いている十八歳も偉いと思う。

職人の父子もこんな風なのだろうが、剣術で繋がる武士の父子の絆は、また格別のものなのかもしれない。

お辰が聞くとはなしに聞いていると、忠太は剣術一筋の能天気な男ではなく、情熱を注ぐがゆえの憂いや疑問、諦めきれぬ望みを頭の中にふんだんに抱えているようだ。

「何度も言うがおれはなあ、安川達の気持ちがよくわかるのだ」

忠太は、右の手の平で何度も顔を撫でた。

話に熱が入ると、それが癖となる。

「はい……」

その癖が始まったのを見て、忠蔵も姿勢を改めた。

「つまるところ忠蔵、剣は理屈ではないのだ。斬り合うた時、どちらが生き残るか、それに尽きるわけだ」

小野派一刀流初代の神子上典膳こと、小野次郎右衛門忠明も、善鬼との果し合いで生き残ったゆえに、一刀流を相伝されたのだ。

その当時は、まだ戦国の世で武士が刀を抜いての斬り合いに臨むことは珍しくなかった。今などとは比べようもなく、武士は生死の境目に身を置く覚悟が日頃から出来ていたのであろう。

しかし、大坂の役の後、島原で大乱が起こって以来、百年以上の間、武士が刀を抜いて斬り合う必要はなくなった。

その間、武術というものは、武士の心得、嗜みとして脈々と受け継がれてきた。

また、いつ戦乱の世がくるかもしれないからだが、そんな勇ましい想いも、百年が過ぎればどんどん薄まっていく。

剣術の師範といっても、一度も真剣で斬り合ったことのない者がほとんどとなれば、自ずと剣の教えは理屈っぽくなる。

仏僧が、あり得ない仏の奇跡を持ち出して、法を説くのと似たようなものだ。

色々な斬り合い、剣のやり取りを想定して、剣術の型、組太刀は出来た。

これを極めて、体にしっかりと覚え込ませれば、いざという時に自ずと相手の攻めに対応出来て、いかに技を返せばよいかわかるというものだ。

しかし、若い安川達は、

「相手が型の通りに斬りかかってくるかどうかは、わからぬではないか」

それが偽らざる気持ちであろう。

型、組太刀が上手に出来れば、小野派一刀流を修めたことになり、この後の武士としての出世に役立つ。

門人達は、そう信じて稽古を重ねている。

だが、それで本当に、いざという時に学んだ剣が役立つのか。

斬り合いそのものが無い時代に、いざという時などは無いと、大人達は判断しているのであろうか。

型と組太刀がいくら出来ても、それは舞踊の名手と同じではないのか。

といって、刃引きの刀や木太刀で立合などすれば、体がいくつあっても足りない。

「おれも若い頃は、そこに思いが至って、仕方なかったのだ。というのも……、まあ、今となってはお前に話してもよいだろう。道場に偉い師範代がいてなあ……」

忠太は若い頃に見かけた衝撃的な出来事を低い声で話し始めた。

その師範代は、型の見事さ、切れ味の鋭さに定評があった。

組太刀の動きにも無駄がなく、四十半ばにして達人の風情が漂っていた。

師・小野忠一は、時には実践も必要であると、門人に袋竹刀による立合をさせたこともあったが、その折は必ず自分がその場に立合い、事故が起こらぬように努めた。

何れかが大怪我(おおけが)をしそうだと見極めた時は、さっと両者の間に己が袋竹刀を差し入れ、危険な打突(だとつ)を防いだのだ。

そのような時も、件(くだん)の師範代は涼しげな表情で見守り、

「よい稽古であったな。若い間は、外へ出れば喧嘩のひとつもするだろうが、無闇(むやみ)に棒切れなどを振り回して、町の者に怪我をさせたりするではないぞ……」

などと穏やかに戒めたものだ。

忠太達、若い門人は、一度その師範代に、袋竹刀での立合稽古をつけてもらいたいと心の内で思っていた。

しかし、願ったところでまるで相手にもならないであろうし、叩き伏せられるのも痛いので、誰もが口に出せなかった。

ところがある日。

忠太は小野道場での稽古の帰りに、行徳河岸で荒くれの水夫達と揉めている師範代の姿を見かけた。

その日は、道場での雑用をこなすうちに、帰りがすっかり遅くなり、日もとっぷりと暮れていた。

早い時分から、酒に酔い、すっかりと出来上がってしまった水夫達が、気が大きくなったのか、師範代が一人と見て、すれ違いざまに絡んだようだ。

その理由はわからぬが、いずれにせよ連中が師範代の差料に触れて、それを咎められたのか、肩が触れた触れないくらいのことであったと思われる。

水夫は四人。いずれも屈強な荒くれ達であった。

だが、酔って我を忘れているとしか言いようがない態である。

相手は小野派一刀流の師範代で、誰からも一目置かれている剣客なのだ。

稽古帰りで、師範代は手に木太刀を提げていた。

四人は、あっという間にその木太刀で、打ち倒されることであろう。

若き忠太は、武者震いを禁じえなかった。

本心では、自分がそこへ出て行って、

「酔っ払い共、お前達が喧嘩を売っている御方をどなたと心得おるか！」

と、言いに行くべきだと思った。

また、師範代の手を煩わさずとも、自分も手に木太刀を提げている。

これで四人を叩き伏せてやればよいのだ。それによって自分の強さを確かめることも出来よう。

少々劣勢になったとて、傍に師範代がいてくれるのだ。何も恐くはない。

そうも思ったのだが、

――いや、先生がいかにして、あ奴らを叩き伏せるかこの目で見てみたい。

そっちの興がそそられた。

忠太は物陰に潜んで様子を見守った。

「おうおう、お侍よう、その腰の物でおれ達をばっさりとやるつもりかよ」

「やれるものならやってみやがれ、おれ達は命知らずで通っているんだよう」

「二本差相手に、すごすごと逃げていちゃあ、男が立たねえのさ」

「さあさあ、どうするってえんだ！」

水夫達は、目の覚めるような啖呵を切った。

それまで平然と四人を見ていた師範代であったが、そうまで言われては、黙っていられなかったのか、

「ふん、お前らごときに刀を抜くものではない。この木太刀で相手をしてやるが、場合によっては、二度と今の仕事が出来ぬ身になるかもしれぬぞ」

と、睨みつけた。

忠太は師範代が、

「無闇に棒切れなどを振り回して、町の者に怪我をさせたりするではないぞ……」

と、自分達を戒めたのを思い出して、

――さすがは先生だ。

と、出て行って手にした木太刀で、連中を叩き伏せてやろうと思った自分の浅慮を恥じた。

怪我をさせる前に、威をもって追い払おうとしている師範代が、実に神々しかった。

とはいえ、

「ほう、おもしれえじゃあねえか。どこの先生かは知らねえが、おれ達も名のあるお人に叩き伏せられるってえのは、冥利に尽きらあ」

「まったくだぜ、おう、叩き伏せてみな！」

荒くれ達は、河岸の隅にあった細身の杭を手に手に持って、大胆にも師範代に向かっていった。

こうなると、師範代も止むをえまい。

降りかかる火の粉は払わねばなるまいとばかりに、木太刀を構えた。

物陰の忠太は息を呑んだ。

師範代は、どこまでも無益な争いは避けようとしたのか、

「申しておくが、おれは小野派一刀流……」

小野道場の者であると告げれば相手も引き下がるだろうと、それを名乗ろうとしたのだが、

「やかましい！」

聞き終らぬうちに、水夫達は一斉に杭を手に、師範代に打ちかかったのだ。

——いよいよ始まったか。

興奮の面持ちの忠太であったが、

「な、何をする！」

初めの一撃をかわして、一人の肩を木太刀で打った師範代を見て、

「うむ、さすがだ……」

と、感心した。

しかし次の瞬間、

「この野郎！」

横合から打ちかかった一人の杭が、師範代の肩を打った。

「おのれ……」

師範代は慌てて木太刀を振り回したが、その打ちは、稽古場で見せる、美しい型や組太刀のものではなかった。

ひとつ打たれた怯え（おび）が、師範代の術（すべ）を一気に狂わせたのだ。

そうなると荒くれ達は喧嘩度胸が据っている。

師範代に少々打たれようが、ぐっと前に出て、杭を巧みに振り回して師範代を圧倒し始めた。

——何だこれは？

忠太は愕然とした。

達人と目された師範代が、いかに相手は四人とはいえ、木太刀を手にして、それよりはるかに短かい杭を相手に打ち合っているというのに、防戦一方で逃げ回るとは――。

「けッ、口ほどにもねえ侍だ……」

「偉そうな口を利きやがって……」

荒くれ四人は意気盛んで、師範代は肩、腰、腹、腕を散々に叩かれて、ついにその場に倒れてしまった。

忠太は助けに入ろうとしたが、これほどまでに不様な姿を、日頃教授している門人に見られたくはあるまいと、

「役人だ！　役人だぞ！」

と叫びつつ、手拭いで頬被りをして四人に向かっていき、己が木太刀で一人の背を打ち、もう一人の足を払い、さらに一人の眉間を割った。

そ奴は流れ出る血と、〝役人〟という言葉にたちまち酔いが冷めたのだろう。

「ひ、ひえーッ」

我に返って、逃げ出した。

他の三人もこれに続いた。

　忠太は、勢いに乗ってこ奴らを追った。

師範代に気付かれたくなかったし、もう少し荒くれ四人を相手に、自分の技を試してみたかったのだ。

「それで、父上はその四人を……？」

「ははは、見事に叩き伏せてやったわ」

「師範代の先生は……？」

「しばらく道場に顔を見せなんだ。四人に痛めつけられた傷を治していたのだろうな。その先生は、百俵取りの御家人であったのだが、次に道場に姿を見せた時、思うところあって隠居をいたすことにしました……、と師範に告げて、そのまま小野道場を辞めてしもうた」

「なるほど……。型や組太刀がいくら勝れていても、喧嘩には使いものにならなんだというわけで……」

「そういうことだ。だが考えてみろ、人が剣を持って斬り合うというは、喧嘩と同じではないか。それに強くなるために武芸は生まれたはずだというのに、剣術の師範代が武芸の素人に負けるというのはいかがなものか。たとえ相手が四人であったとて、これは由々しきことだ」

忠太の言葉は、さらに熱を帯びてきた。

忠蔵も、感じ入るしかなかった。

忠太は時折、練塀小路の道場で、忠蔵に袋竹刀での立合稽古をつけた。

それは、師範代の一件の後、若き忠太が、そっと師の小野次郎右衛門忠一に願い出て、つけてもらった稽古を踏襲したものであった。

件の師範代の醜態を告げるのは具合が悪かろうと、

「先だって、町の破落戸に、立派な武士が棒切れで打ち倒されたのを見てしまいました……」

と切り出し、己が想いを打ち明けたところ、

「そなたの想いは間違うてはおらぬ。さりながら一刀流を学ぶのは、手っ取り早く喧嘩に勝つためのものではない」

師は忠太を窘めつつも、

「それゆえ、そなたには密かに稽古をつけよう。我も我もとなれば、流儀に乱れが生じるであろうゆえにな……」

忠一は稽古をつけてくれた。その際、

「そなたゆえに稽古をつけるのじゃぞ」

と、何度も言い聞かせたと言う。

稽古は、そっと二人で行われた。

忠太が師を打ち倒すつもりでかかる。それを師が軽くいなし、

「それ、ここじゃ」

と、忠太の肩、腰、腕、腿辺りを打つ。

手加減されているのでさほど痛くはないが、立合の間と、いかにして機先を制するかが、驚くほどに身についた。

そのうちに、師・忠一は、

「そなたとの内緒の稽古もこれまでじゃ。この先続けると、このおれが怪我をするゆえにのう」

と、稽古の終りを告げた。

技量の差があるからこその立合であり、忠太が師に近付けば、これはたちまち果し合いと転ずると、忠一は言うのであろう。

「真に忝うござりまする……」

そして忠太は、師がつけてくれた稽古を、今ではそっと子の忠蔵に教えているのだ。

だが、有田十兵衛が言うように、袋竹刀での立合は、剣の筋を狂わせるもので、一刀流の宗家・小野道場にあっては異端と言えよう。

それでも師が自分につけてくれた、あの立合稽古は素晴らしいものであったと忠太は思う。

形骸化しつつある剣術に新たな道筋をつけるには、新たなる稽古の形態を生み出すしかない。

「父上は、新たな剣術を、あの五人につけてみたくなられたのでは？」

忠蔵はニヤリと笑った。

「わかるか？」

「そのような気がいたしました」

「お前はどう思う？」

「安川達ならおもしろがるでしょうが。あの連中は一筋縄ではいきませぬぞ」

「わかっておる。だが、あの連中は放っておくと、誰彼構わず棒切れで喧嘩をする破落戸に成りかねぬ。あの連中の心意気を生かせて、剣術のおもしろさを、おれは教えてやりたいのだ」

語るうちに中西家三人の夕餉（ゆうげ）は終った。

「女将、いこううまかったぞ！」

にこりと笑う忠太を見て、

「それはようございましたが、何やら難しいお話をされていたようで。まず旅の疲れを落とされたらどうなんです？」

お辰は呆（あき）れたように言った。

六

「これこれ、忠殿、おぬしはいったい何を言い出すのだ？」

中西忠太の相談を受けて、有田十兵衛は眉をひそめた。

面長で、少しばかりのっぺりとした顔付き、さほど表情に変化を見せぬ十兵衛であるが、近頃は安川、新田、若杉、平井、今村のことで顔をしかめることが多く、眉間に縦皺（たてじわ）が二本、くっきりと現れていた。

朝から小野道場にやって来た忠太が、

「ちと話を聞いてもらいたい」

と言うので聞いてみれば、正しくあの五人についての話であり、彼の皺はますます深く刻まれたのである。

「あの訳ありの五人を、某に預けてくださらぬかな」

忠太はいきなりそう切り出した。

連中は、なかなかに剣士として大事な気の強さを持ち合わせている。これを腐らせてしまうのも忍びない。十兵衛があの五人に構っていられないとなれば、自分が仕込んでみたいと言うのだ。

「忠殿、おれはおぬしの剣術の才は大したものだと昔から思うておる。お亡くなりになった先生も、おぬしにはことの外目をかけられておいでで、練塀小路に新たな小野派一刀流道場ができるのを楽しみになされていた」

十兵衛は、彼なりに忠太への友情を持ち合わせているのであろう。

「そのおぬしが、小野道場のはみ出し者の面倒をわざわざ見ねばならぬ道理がどこにあるというのだ。おかしなことを考えずに、まともな門人を集めて、まともな道場を構えたらどうなのだ」

こんこんと説教をするように、宥めたものだ。

「とは申せ、奴らも何かの縁があって、小野道場に参ったのであろうゆえ、面倒を見てやろうかと……。このままでは、連中は辞めてしまうのではなかろうか」

十兵衛が言うことは、もっともなだけに忠太は遠慮気味に応えたのだが、

「いやいや、辞めてしまうも何も、もう安川達は、この十兵衛が破門にした」

「破門にした？」

「いかにも……」

十兵衛は、澄まし顔で言った。

昨日のうちに安川、新田、若杉、平井、今村の家に遣いをやって、今日は朝から道場に五人を呼び出し、今しも破門を言い渡したらしい。

「たった今？」

「左様、おぬしが来る少し前のことじゃ」

「もう少し、面倒を見てやることはできなんだのか」

「おぬしは昨日、初めて奴らを見ただけゆえ、そのようなきれいごとを言えるのじゃ。小野派一刀流は、当代御成長のみぎりまでは、面倒を抱え込んでいる余裕などないのだ。あのようなたわけ共に、関わってはおられぬ。そこのところは、師範代の一人であるおぬしにも、わかってもらわぬと困る」

「それはそうかもしれぬが……」

破門したのなら、まずそれを初めに言わぬかと、忠太は唇を噛んだ。

有田十兵衛は昔から回りくどいところがある。

とはいえ、掛け札の末に名が連なる、若い門人達についての差配は、十兵衛が任されているのだ。

「喧嘩両成敗ではあるが、青村理三郎と玉川哲之助達は、安川市之助達から喧嘩を売られ、皆ひどい怪我をしたのだ。こちらの方は、厳しく叱りつけた上で、しばらくは道場への出入りを差し止めるものとした」

と処断したそうだが文句は言われぬ。

この半年の間、忠太は小野道場で何が起こっていたか、まるで知らぬのであるから仕方がなかった。

「うーむ、それは残念じゃ」

忠太は嘆息した。

十兵衛は、昨日から続く呆れ顔で忠太を見て、

「まあ、それほどまでに奴らが気になるのであれば、まだ連中はどこかその辺にいよう。声をかけてやって、練塀小路の中西道場で面倒を見てやればどうだ」

からかうように言ったものだが、

「なるほど、それがよいかもしれぬな。そうすれば、あの稽古場も役に立つというも

のだ」

忠太は大真面目で応えると、

「御免……！」

と、席を立った。

「これ、忠殿、真に受けるものがあるか。これ忠殿、忠殿……」

十兵衛は、立ち去る忠太の後ろ姿に、何度も呼びかけたが、忠太は青年のような爽やかな足取りで、たちまち浜町の道場を出た。

「これ忠殿……。あの男、四十を過ぎていように……。まったく信じられぬ」

十兵衛の眉間に、またも深い皺が浮き上がっていた。

——まったく、忠殿、忠殿と、人を台所のねずみのように言いよって。

忠太はというと、ぶつぶつとぼやきながら道場を出て、浜町の河岸を駆けた。

安川達五人は、小野道場からの呼び出しについて、破門を予見していたことであろう。

それでも、親の期待を背負って小野道場に入門したのであろうから、実際に破門を言い渡されると、心は乱れたはずだ。

しかも、五人共に呼び出されたとなれば、今頃はきっと五人でつるんでいるだろう。

溜るとすれば、浜町の河岸辺りに違いない。

忠太は彼らの姿を求めた。

すると、案に違わず、高砂橋の袂に五人はたむろしていた。

やり切れぬような、どこかせいせいしたような――。

威勢がよくて臆病で、攻撃的になったかと思うと、まるで意気地がなくなってしまうのが、若者のよくある姿である。

その不安定がまた、堪らなくおもしろみのあるところであり、やがては大人になるにあたって、自分を正しいところへ導いてくれる者と巡り合うかどうかが、運命の分かれ道だ。

忠太にとって、導いてくれた人は剣の師であったが、この五人は師を得るまでもなく、市井の闇の中に消えていくのであろうか。

それを何とかしてやるのが天から与えられた使命ではないのかと、五人の顔が見えるにしたがって、忠太は思えてくるのであった。

かつて神子上典膳が善鬼を倒し、宮本武蔵が佐々木小次郎を討ち果したような、派手な剣豪の逸話や伝説を、自分がこの先残していくことはないだろう。

泰平の世に剣を志し、将軍家指南役を務める小野派一刀流にあって頭角を現したと

はいえ、

——己が剣は、まだまだ道半ばではないのだろうか。

自問しながら今までやってきた。

それがこの旅でひとつの答えに行き着いたような気がする。

江戸から九州中津への長い道中、忠太が見た剣術は、何れも習いごとの域を出ない、画一的なものになっていた。

これを弟子達と一緒になって変えていく。

そういう師範としての生き方こそ、求められるはずだ——。

熱い想いをたぎらせる忠太が近付いているとも知らず、

「破門されるとは恐れ入ったな……」

橋の袂で不敵な笑みを浮かべているのは、安川市之助である。少し顎が尖った顔付きは、冷たく醒めている。

敵に回すと面倒そうだが、仲間に一人いると、どこか落ち着く。そこに彼の首領としての資質がある。

「おれはせいせいしたぜ。わからず屋の師範代に、才子面した弟子共。毎回顔を合わせていると、頭の中がおかしくならあ」

若杉新右衛門の言葉に一同は大きく頷いた。目鼻立ちがはっきりしていて、なかなかの男振りであるが、弁舌も立つようだ。

「だが、親達は何と言うだろうな。こういう時は、新右衛門が羨ましいぞ」

平井大蔵は、いかつい顔の偉丈夫だが、話し口調に愛敬がある。

彼は町医者の次男として生まれたものの、家業には見向きもせず剣術を習っていただけに、親の意見が気になるようだ。

新右衛門は、八王子の名主の息子で、江戸には一人で留学をしているので、気楽だと言うのである。

「親が何と言おうが聞き流しておけばよかろう」

新田桂三郎が吐き捨てるように言った。

日頃は無口で、言葉よりも先に手が出るという、気性の荒さを持ち合わせている。

そんな彼がこともなげに言うと、皆は不思議と勇気が湧くようで、

「桂三郎の言う通りだ」

他の四人は口々に言った。

「だが、皆にはせっかく仲よくしてもらったというのに、会えぬようになるのは、何とも寂しいなあ」

一番年少の今村伊兵衛は、それを嘆いていた。

「ふッ、伊兵衛はガキのようなことを言うのだな」

市之助は醒めた言葉で応えつつ、

「浜町で会えずとも、またどこかでつるもうじゃあねえか。気に入らねえ奴がいたら、昨日みてえに、叩き伏せてやろうぜ」

と、橋の袂の大岩に腰かける伊兵衛の肩をぽんと叩いた。

「そうだな、その通りだ。おれはずうっと皆と一緒にいたいよ……」

伊兵衛はまだ十五で、こんなところに少年の愛らしさがある。

小野道場を出ても、友情はこのまま育んでいこう――。

そんな風に若者達の話がまとまったところに、中西忠太は橋の袂に着いた。

「おう、よかった、よかった、皆に会えた……」

忠太は五人の顔を眺めると、満面に笑みを浮かべた。

安川市之助達五人は、ぽかんとした表情を浮かべて忠太を見た。

「何だ、もうおれを忘れたのか？」

「いや、忘れてはいませんよ……」

市之助が応えた。

「中西先生でしょう」

「覚えていてくれたか」

「あの……、何の用なんです。おれ達は今さっき……」

「破門になったそうだな」

「何だわかっていたのか……」

「して、それが何か……？」

新田桂三郎が、仏頂面で言った。

破門されたと知っているくせに、このおやじは何をにこにことして話しかけてくるのだと、気の短かい桂三郎は腹を立てたのだ。

忠太もそれに気が付いて、

「いや、すんだことに、くよくよしても始まらぬと思うてな」

「そうですね。すんだことですからね……」

若杉新右衛門が素っ気なく応えた。

市之助はそれを受けて大仰に頷くと、

「中西先生との縁も、昨日一日で終ってしまったということです」

皮肉な物言いをした。

「そう、すげない言い方をするではない」

「とにかく、破門されたたわけ者共は参りますので……、御免」

五人は足早に忠太から離れた。

からかうように、ちょこざいな口を利いても、相変わらずにこにことしている中西忠太が不気味に思えてきたのだ。

「おいおい、待たぬか、おれはお前達を捜していたのだ」

忠太は五人の後ろをついて歩いた。

「いったい何の用なんです？」

市之助がうんざりとして応えた。

「お前達はこれからどうするのだ？」

「どうするって？　何も決めていませんよ」

「五人、ばらばらで暮らすのか？」

「ばらばらじゃあ、ありませんよ。おれ達の付合いはこれからも続くのです」

今村伊兵衛が、よく通る声で言った。

「そうか、それは何よりだな。友は大事にせねばならぬ」

「ええ、ええ、そうですね」

市之助は歩速を上げた。他の四人も追随した。

忠太もこれに続いて、

「五人でまた剣術を習わぬか？」

「どこで習ったって、おれ達はまたすぐに追い出されますよ」

「そんなことはないぞ、安川市之助」

「おれの名を……？」

「新田桂三郎、若杉新右衛門、平井大蔵、今村伊兵衛……であろうが」

五人は一瞬歩みを止めて、忠太をまじまじと見た。

有田十兵衛ですら未だにはっきりと覚えていない姓名を、すらすら言えるとは――。

こんな師範代に会ったのは初めてであった。

だが、この五人にはそれが感激ではなく、さらなる不気味であった。

「どうだ、おれと剣術をやらぬか？」

五人の態度を感激と捉えた忠太は、強くゆったりとした口調で言った。

「肝胆相照らす友と切磋琢磨して、修練を重ね、汗を流す。剣術とはよいものだぞ。おれがお
小野道場を破門になったとて、剣術を捨ててしまうこともなかろう。どうだ、おれがお前達に剣術の素晴らしさを教えてやる。さあ、遠慮はいらぬゆえ、おれに付いて来い！」

忠太はそう言い放つと、固まったように忠太を見つめる五人の肩をひとつずつ叩いて、ゆったりと歩き出した。

――うむ、我ながらうまく気持ちを伝えることができたぞ。これから、中西道場の物語が始まるのだ。

忠太の体内に力が噴き出すように湧いてきた。

「おれの道場は練塀小路にあってな。なかなかに立派な稽古場なのだぞ。稽古を積む上は、ここを己が家だと思うてくれたらよいのだ。なあ皆……」

振り返ると五人は、はるか向こうにいて、忠太に背を向けて駆けていた。

「おい！　何だ、稽古はどうするのだ！」

忠太は追いかけたが、

「剣術なんぞは、もううんざりなんだよ！」

新田桂三郎の怒声が聞こえてきたと思うと、五人の姿はたちまち芥子粒（けしつぶ）のようになり、見えなくなっていた。

「何だ、おれの話を聞いてなかったのか……。いや、それにしても、恥ずかしい！」

忠太もまた、その場から駆け去った。

七

夕方となり、中西忠太は、息子の忠蔵、老僕の松造と共に〝つたや〟にいた。

松造は、いつもいつも中西父子と同じ物を食するのを遠慮するのだが、

「お前が食わねば、こっちの喉が詰まるではないか」

と、聞き入れずに、嫌いなものの他は無理矢理食べさせ、酒を飲む時は少しだけでも付合わせる。

とはいえ、ここでの食事は毎度のことなので、いつも豪勢なものではない。

基本は一汁三菜と決めて、酒は道場に帰ってから寝酒だけにする時もある。

だが、この日は妙に気持ちが昂ぶって、それを抑えるためにも、忠太は酒を飲まずにはいられなかった。

小野道場でも、主家の奥平家江戸屋敷でも、

「旅の垢を落して、落ち着いたら、慰労の宴を開くとしよう」

そのように声をかけてくれていた。

「まず、その折は、よしなにお願い申し上げまする」

忠太はそう応えたものの、旅の垢を落す間もなく動き回り、この一膳飯屋で酒を飲

み、慰労どころが息子相手に気勢をあげていた。

四十を過ぎたというのに、元気と言うしかない。

「奴らめ、振り返ったらおらなんだ。真に恥ずかしい想いをしたぞ」

安川市之助達五人を捜し出し、剣術とは、友とは何ぞと熱く語りかけたのに、肩すかしをくらったと大きな声でぼやく忠太を見て、忠蔵も松造も、そして女将のお辰も、思わず笑ってしまった。

今朝の恥ずかしさを酒で忘れようとするのはよいが、その事実を大真面目に語る方が恥ずかしかろうと思うのである。

しかし忠太は、

「まったくあ奴らは、逃げ足が速うていかぬ。追い付けなんだのは、歳のせいであろうかのう」

大きな声で口惜(くや)しがり、

「このままでは捨て置かぬぞ」

と意気込む。

「捨て置かぬ？　どうなさるおつもりなんです。とっ捕(つか)まえて痛い目に遭わせてやるとか？」

お辰は、つい口を挟んでいた。

「馬鹿者めが、おれが若造相手に喧嘩などするわけがなかろう」

忠太は口を尖らせた。

「あの五人を一人ずつ訪ねて、稽古場へ来させるのだよ」

「でも、若い人達は、もう剣術などこりごりだと思っているのでしょう？」

「うんざりだと言っているのだ」

「どっちだって同じじゃあないですか」

「いや、懲り懲りとうんざりは違う。うんざりというのは、飽きてしもうたという意だ」

「そんな違いを、若い荒くれが考えたりしないでしょう」

「まあ、それはそうだが、飽きたと言うなら、おれが剣術のおもしろさを教えてやろうと思うのだ」

「なるほど、それはようございますねえ。先生は大したもんだ……」

お辰はにこりと笑って、板場へと入っていった。

この辺りで話を切り上げておかないと、自分にはわからない、剣術の話であるとか、〝切磋琢磨〟の話を、熱く語られるのだ。

忠蔵は、お辰にすまなそうな目を向けると、

「父上、本気でございますか？　一軒一軒廻るなど大変でございますよ」

忠太を諫めた。

忠太は、安川市之助達がこのまま剣を捨て、よからぬ道に進むのではないかと案じ、何とかしてやろうと思っているのであろう。

しかし、中西忠太子定は、小野派一刀流の宗家・小野次郎右衛門忠一の高弟にして、方々の武芸場に出教授を務める、当代一流の剣客である。

何も、自分から出向いてまで弟子を取ることもあるまい。

息子としては自慢の父親の、そんな不様な姿は見たくないのだ。

「うむ、お前が言うのはもっともだが、行かずば話が先に進まぬ」

忠太は、まったく意に介していない。

「いや、父上、そういうことではござりませぬ……」

忠蔵は引き留めたかったが、すぐに口を噤んだ。

この熱血漢には、何を話したとて無駄であった。

思い通りにさせてやるしかないのである。

子が親に対して抱く感情ではないが、こういうところ、忠蔵の方が老成していると

言える。

「とにかく、明日から一軒一軒廻ってみよう。忠蔵、ついて来いとは言わぬが、奴らの家を知っているなら教えてくれ」

などと父に言われると、

「五人共となると、すぐにわかりませぬが、明日小野道場へ稽古に行った折、うまく聞き出しておきましょう」

息子の忠蔵は、そう応えざるをえなかった。

その上に、忠太が突如として若い剣士達を練塀小路の道場に引き連れて、新たなる小野派一刀流を築かんとするのが、どうも妬ましかった。

「忠蔵、頼んだぞ。これでやっとあの道場も生きてくるというものだ」

一人で意気盛んである忠太に、しっかりと向き直ると、

「父上、安川達の何人かが練塀小路に来れば、中西道場を名乗られるのですか？」

真顔で問うた。

「いかにも、そのつもりだ。きっと五人揃って来ることだろう」

「それならば、わたしも小野道場を出て、父上の門に入りまする」

忠蔵は、威儀を正した。

息子としては当然であろう。

中西道場の跡継ぎは自分でなければならないのだ。

しかし、忠太はあっさりと首を横に振って、

「浜町の道場を出てはならぬ。おれが安川達を集めて道場を開くのは、ひとつの道楽のようなものだ。それにお前を付合せるわけにはいかぬ」

息子の願いを退けた。

忠太は、忠蔵の実力を認めている。

今は道場内がなかなか落ち着かぬ小野次郎右衛門家の一刀流であるが、その中にあって、忠蔵は型においても組太刀においても抜群の誉(ほまれ)が高い。

袋竹刀の立合は、住まいである練塀小路の稽古場で、忠太が密かに相手をしてやれるのである。

小野道場を出る必要はまったくない。

中西道場が新たに生まれたとしても、

「何だ、破落戸の集まりの道場か」

と、揶揄(やゆ)されるに違いない。

それがいつまで続くかわからないのだ。

「おれの倅だと申して、おれの道場を継がねばならぬ謂れはない。お前は小野派一刀流の神髄を極め、中西忠蔵道場をおこせばよいのだ」

「いや、しかし父上、こんなことを申してはなんでございますが……」

忠蔵は声を潜めて、

「浜町には、父上ほどの師範代や先生はおりませぬ」

「お前にそう言われると嬉しいが、中西忠太は腕が立っても無類の物好きだ。お前の師は務まらぬのじゃよ」

「父上……」

「お前はもう十八だ。おれとは対等の剣客でのうてはならぬ。水臭いと思うかもしれぬが、父子の縁が切れるわけでもない。ゆめゆめ、浜町の道場を出てはならぬぞ」

忠太はそのように告げると、忠蔵の盃を酒で充たしつつ、

「まず、この父に力を貸してくれ。明日からはまた忙しゅうなる」

大きく息を吐いたものだ。

八

中西忠太がまず訪れたのは、安川市之助の浪宅であった。

倅の忠蔵が、市之助の住まいを知っていたので手間はかからなかった。

小野道場では、何かというと相弟子達と喧嘩口論が絶えなかった市之助も、忠蔵とだけは、剣術についての疑問などを語り合ったことがあるという。

「あの組太刀は、いったい何のために学ばねばならぬのか、意味がわからぬ」

大抵は、市之助が稽古への不満をぶつけてくるのだが、そんな時、忠蔵は父親譲りの笑顔を向けて、

「大きな声では言えぬが、おれもわからぬ。わからぬゆえ、やれと言われればやらねばならぬものだとやっているのだな。おぬしは、わからぬということがわかっているから首を傾げとうなるわけだ。おれより頭がよい分、腹が立つのであろうよ」

などと応える。

ほとんどの門人が、市之助の疑問について、剣術の理念をもって、

「このように斬ってくる相手には、このように受けるのが無駄のない動きだということではないか」

訳知り顔で応え、演武してみせるのだが、

「そんなことはわかっているが、このように受けては何故いかぬのだ」

他にも技の出しようはあるだろう。いざとなった時には気も動転して、落ち着いて

技を出せないのではないのか。そう考えると、この技よりもっと打ち易いものがあるのではなかろうか。

市之助は、そのような苛々とした感情に陥ってしまうのだ。

それが、忠蔵と話していると、とどのつまり答えは出ぬものの、

「なるほど、剣術とはそのようなものかもしれぬな。いや、おれよりおぬしの方がよほど頭がよい」

不思議に気持ちが落ち着くのだ。

それゆえ、町でばったりと出会った時なども、必ず言葉のひとつは交わすので、そのうちに安川市之助の家が、浜町の河岸を少し北の方に行ったところの久松町にあると知ったのである。

忠太は、まず訪ねる前に安川家の様子を下調べした。

といってもことに当ったのは、老僕の松造であった。

若い頃には、渡り中間で、武家屋敷を転々としていたというから、松造の顔はなかなかに広い。

武家屋敷の中間部屋では、博奕場が開帳されるところも多い。

町方役人が踏み込めぬゆえなのだが、自ずとそんな場所にも出入りするようになっ

たから、処の俠客と呼ばれる者にも未だ知り合いがいる。

そんな連中を訪ねて旧交を温めるうちに、色々な町の事情も知れてくるらしい。

日頃は物静かで、黙々と用をこなす松造であるが、こういう頼みごとをすると、五つ六つ若返って、生き生きとして動き出す。

奉公人には、時にその者の得意とする用を与えてやるのが大事だと、忠太は思い知らされた。

それもこれも、あの荒くれ五人の世話を焼こうと思い立ったゆえに知れたことである。

——物好きこそ人を賢者にする。うむ、一段とよい。

どこまでも忠太は前向きである。

松造が調べてきた情報によると、安川市之助は現在、母・美津と二人で暮らしているという。

親の代からの浪人で、市之助は八歳の時に父を亡くした。

その父は、剣をもって仕官せんと励んでいたそうで、美津は亡夫の叶えられなかった夢を市之助に託そうとしたらしい。

美津は、幸いにも琴の名手で、近くの武家屋敷や商家への出稽古を多く抱えていて、市之助の養育には困らなかった。

——市之助を何とかして、浜町の道場へ行かせたい。

それが美津の夢であり、そのために琴の教授を忙しく務め、方々の伝手を頼りに小野道場への入門を叶えたのだ。

母にはやさしく、剣術の稽古にも精を出してきた市之助であったが、勢い余って今まで通ったいくつかの剣術道場でも喧嘩沙汰を起こしてきた。

子供の頃に父親を亡くしたので、

「おれを馬鹿にすると承知せぬぞ」

そのような想いが強く、町場でも幼い頃から乱暴者で通っていた。

しかしそれも十八歳となれば分別も出よう。

小野派一刀流の宗家での稽古となれば、気も引き締まるはずだし、小野道場には市之助を厳しく指南し、躾けてくれる先生も数多いるに違いない。

美津は、祈るような気持ちで市之助を小野道場に通わせたのである。

琴の出稽古があるならば、昼下がりくらいが頃合ではないかと、忠太は久松町の浪宅に訪ねてみることにした。

川岸を東の方に入ると、安川家の浪宅は表通りに面した、こざっぱりとした借家であった。

医者や儒者が住むような趣があり、間口も三間（約五・五メートル）ほどある。

美津が、いかに市之助のために家の体面を保とうとしてきたかが窺われる。

詳しくはわからないが、市之助の死んだ父親は、さる大名家に仕えていたが、家中に内訌が生じ、それに巻き込まれる形で、浪人になったらしい。

忠太は、代々奥平家に仕えてきて、思うがままに剣術修行をさせてもらえる身が、今さらながらありがたく思えた。

訪ねて案内を請うたが、奉公人まではおらぬようで、隣家の漢籍などを扱う書店の主が忠太の姿を認め、

「今は、留守にされているようでございます」

と声をかけてきて、店の内に請じ入れてくれた。

この日の忠太は、羽織袴をきっちりと着こなし、いずれかの家中の番方の武士という風情であったから、書店の主も、

「これは大事なお客様に違いない」

と、思ったようだ。

「どうぞ、興がそそられる書がございましたら、お手に取ってくださりませ」

忠太にはこの気遣いはありがたかった。

市之助が家にいないのが、気になったが、

「ほどなく、こちらの御新造様は、お戻りのことにございましょう」

そのように報(しら)された上に、書物などをぱらぱらと読んでいれば十分に間がもてた。

「市之助さんの先生で……？」

主は五十絡み、少しばかり目に好奇の色を湛(たた)えて問うてきた。

「いかにも……」

忠太はにこやかに応えた。

恐らく、市之助はなかなかの暴れ者として、この辺りでは名が通っているのであろう。

主は、また市之助が何かしでかしたのかと、思ったのに違いない。

しかしその好奇は、意地の悪いものではなく、母子二人の暮らしが波立たねばよいのに、という想いが込められているように思える。

乱暴者であっても、市之助にはどこか憎めぬところがあるのだろう。

忠太が終始にこやかにしているので、書店の主も少しばかりほっとしたようだ。

忠太は、それならばと、

「安川市之助は、荒削りではあるが、剣の筋はなかなかのものがあり申してな」

市之助を誉めておいた。

「左様でございますか。先生のような御方が御指南なされば、市之助さんもやがては世に出ることでしょうな」

主は、たちまち人のよさそうな顔を綻ばせて、何度も頷いてみせた。

そうするうちに、隣家の表に女の姿が見えた。どうやら美津が帰ってきたようだ。

「帰っておいでのようです」

「忝い」

忠太は主人に見送られて表へ出ると、

「卒爾（そつじ）ながら、安川市之助殿の……」

穏やかに声をかけた。

「はい、母でございます」

美津は緊張の面持ちで忠太を見つめた。

何かまた息子がしでかしたのではないかと、案ずる想いが出たのであろう。

「某は、小野派一刀流剣術指南・中西忠太と申す者でござる」

名乗る忠太もいささか緊張を禁じえなかった。

うりざね顔に柳腰、憂いが見え隠れする目は黒目がちで、肌は雪のごとく白い。四十絡みであろうに、美津は瑞々(みずみず)しく美しかった。

「いや、その決して、何かを談じ込みに来たわけではござらぬ……。むしろその、御子息の先行きについて実になる話をしたいと思い参った次第で……」

忠太は、何故かしどろもどろになっていた。

自分の存在が、彼女の美しさを壊してしまうようで、何やら恐ろしかったのである。

九

安川市之助は、今朝も稽古に行くと言って家を出たらしい。

どうやら、有田十兵衛が遣いを件の五人の家へやった時、美津は外出(そとで)をしていて、市之助本人が小野道場へ出頭するようにその伝達を受けたのであろう。

市之助は翌日道場へ向かい、そこで破門を告げられたものの、美津には真実が言えず、今頃どこかその辺りで油を売っているのに違いない。

しかし、どうせわかることなのだ。

余計なことをしやがってと市之助は怒るだろうが、中西忠太が間に入ってやった方が、後々よい方向へと進むはずだ。

何といっても、忠太は破門された市之助を自分の道場で引き受けようというのだ。

捨てる神あれば拾う神あり、というならば、正しく忠太は拾う神で、息子が破門になったという美津の悲嘆が軽くなるはずであった。

忠太は、美津の美しさに戸惑(とまど)いつつ、安川家の浪宅へ上がり、破門の経緯を語り伝えた。

美津は、事実を知って大きな溜息(ためいき)をついたが、忠太が自分の道場で引き取って仕込んでみせると言うと、

「何卒(なにとぞ)、何卒、よろしくお願い申します……」

縋(すが)るような目を向けてきた。

「市之助は、喧嘩沙汰を起こす度に、自分には剣術の才などはない、剣術で身を立てようなどと考えずとも、いくらでも方便(たつき)の立てようはあるので任せてもらいたい、などと言って道場に通うのをやめようとするのです。でも、本心では剣術が好きなのです。わたくしには、それがわかるゆえ、何とか諭(さと)して、また稽古に行かせる……、その繰り返しでございました。それがやっと、小野様の道場に入門させることができて、これが最後だと言い聞かせてきたのでございますが……」

とどのつまり、小野道場でも不始末をしでかして破門になっていたとは、何たるこ

とであったかと肩を落としたのであった。

忠太は、彼女の悲嘆に触れていても気が滅入るだけだと察して、

「若い時には、誰でも気の迷いや、しくじりはあるものでござる。破門になったのは残念でござろうが、すんだことを悔やむより、市之助殿の才を惜しむ者がこうして現れたことをよしと考えていただきとうござる」

「それはもう……」

「では、某の道場で修行を続けること。母としてお許しくださいますな」

「是非もござりませぬ」

「それを聞けたら、今日はここまで来た甲斐もあったものでござる。まず、お任せあれ」

忠太はそれだけを言い置いて、すぐに家を出た。

あれこれ縋るように言われては、美津が美しい女であるだけに調子が狂う。

まず市之助の親に状況を説いて、許しを得るだけでよいのだ。

結局は、市之助本人が練塀小路に足を運ばぬと何もことは進まない。

忠太は、安川家が見えるところで時を費やし、市之助が戻って来るのを待ち受けた。

小野道場に通っているといい繕っているとすれば、あと半刻（約一時間）ほどで家

に帰るであろう。

それとも自棄(やけ)になって、どこかその辺りでほっつき歩いているとすれば、いつ帰るやもしれぬ。

「まず焦(あせ)らぬことだ。気長にその辺りにいて待てばよい」

忠太は、煮売り屋に入って、野菜の煮しめを注文して、三合ほどの酒をなめるように飲んで、市之助の帰りを待った。

――ふッ、三顧(さんこ)の礼をもって迎えねばならぬほどの者でもあるまいに。

忠太は、市之助を待ち受ける自分の心情が、自身でもわからなかった。

ただひとつ言えるのは、先ほど美津が言っていたように、市之助は本心では剣術が好きなのに違いない。

好きなのに、小野道場を破門となり、剣術を止めてしまう。しかも、同門の連中と袋竹刀で打ち合って勝利したほどの腕っ節のある者がである。

人は人との出会いで運命が変わるとすれば、自分はこの出会いを大事にしたい。

それが亡師・小野次郎右衛門忠一への恩返しであると忠太は思い改めた。

すると、忠太が予期した通り、半刻ばかりで、安川家浪宅の前にとぼとぼと市之助が現れた。

忠太は素早く勘定を終えて外へ出ると、

「今、小野道場から戻った、お袋殿にそのように伝えるつもりなのか？」

と、市之助に声をかけた。

「あ……！」

市之助は、忠太を見て目を丸くした。

肩で風を切っていても、驚いた顔にはあどけなさが残っている。

そこが忠太にはかわいい。

安川の浪宅から、かすかに琴の音が聞こえてきた。それは母・美津がいる証（あかし）だ。

「まさか、お袋に……？」

「破門の話は伝えておいた」

「何だと……、余計なことをするんじゃあねえや！」

市之助は、忠太の胸ぐらを摑（つか）んだ。

「先生面をしやがって……。おれはもう小野道場の門人じゃあねえんだぞ。お前とは何の関わりもねえや」

「そう、かっかするな……」

忠太は、市之助の手を振りほどいて、

「いつまでも黙っていられるものではあるまい。おれはお前にありがたがられても、恨まれる覚えはないぞ」

「どういうことだよ……」

「お前は母を悲しませたいのか」

「どうだっていいだろう」

「お前は乱暴者だが、母親思いだと聞いている。だからこそ、道場を破門になったと打ち明けられなんだ。そうであろうが」

「それがどうした？」

「おれはお前を見直したのだ」

「見直した？　剣術のし過ぎでおかしくなったのかよ」

「どのような形であっても、母を気遣う想いを持ち合わせているというのは、大事なことだ」

「大事だと思うなら、何ゆえ告げ口しやがった」

「わからぬ奴だな。お前は小野道場を破門されても、小野派一刀流中西道場で稽古ができる……。その話をしたのだ」

「ふッ……」

また寝呆けたことを言っていると、市之助は舌打ちをした。

「そう言われたら、さぞかしお袋はほっとしただろう。安堵しただろうよ。だがなあ、おれが剣術を続ければ続けるだけ、自分が大変な想いをすることが、お袋はどうしてわからねえんだ。琴の指南だけじゃあねえ。あれもこれも内職に手を出しているんだ。それの何が楽しいんだ。倅は遊んでいるだけなのによう」

「剣術の稽古は遊びではない」

「遊びと同じだねえ。一銭にもならねえ。出ていくばっかりだ」

「だが、それを続けると、いつかは道が開けよう」

「いつか？　そいつはいつなんだ。道が開ける？　どんな道だ。袖の下を配り歩きながら、仕官の道を探るのか？　剣術なんぞで飯が食っていけるかよ」

市之助は、やり切れぬ想いを吐き捨てた。

「なるほど、お前は母に苦労をかけまいとして、好きな剣術を捨てて、食い扶持を探し求めるつもりなんだな。うむ、それは見上げたもんだ」

「からかうんじゃあねえ！」

「からかってなぞおらぬ」

「もうおれに構うな。お袋が何と言ったかはしれぬが、おれは中西道場へなんぞ行かねえ。不承知だ……」

強い口調で言い切る市之助を見て、

「ふん、ちょっとは骨のある奴だと思うたが、所詮は世間知らずの若造だったか」

今度は、忠太が吐き捨てた。

「何だと……」

「まず、親がどういう気持ちで子を育てているか、まるでわかっておらぬ。その上に、何だ？　剣術で飯が食っていけるか、だと？　修行もせずに諦めるのは卑怯者のすることだ」

「おれを卑怯者とぬかしやがったな」

「お前は卑怯者の負け犬だ。お前なんぞが恰好をつけて、母親を食わせてみせると言ったところで何ができるのだ？」

「うるせえ！　何だってやってやらあ」

「剣術も続けられぬ男が何だってやってやる？　笑止千万だ。まあ、その辺りでうろついている、強請たかりの類いになるのがよいところだろうな」

「野郎！」

堪らず市之助は、忠太にとびかかった。

忠太はこれをいなして、

「おい、おれに喧嘩を売るなら、相手をしてやるから、練塀小路の南にある、おれの道場まで来い！　仲間を連れて来てもよいぞ」

ぐっと睨みつけた。

そこは、小野派一刀流にあって出藍の誉がある中西忠太である。

怒りに震える市之助は、忠太に見据えられると体が動かなかった。

「待っているぞ。腰抜け野郎めが……」

忠太は唸るように言い捨てると、すたすたと歩き始めた。

琴の音色が耳に届いたが、心なしか調子が乱れているように想われた。

十

破門五人衆の一人、新田桂三郎の住まいは御徒町にある。

父は九太夫。幕府の走衆で、七十俵五人扶持。

桂三郎は三男で、長兄・彦太郎、次兄・益次郎がいる。

その日は九太夫が非番で、朝から浅草三筋町の本家の屋敷に出向き、帰った後に、彦太郎、益次郎と共に書院へ出て、そこへ桂三郎を呼び出した。

話は無論、小野道場破門についての詰問であった。

七十俵五人扶持とはいえ、新田家は屋敷に奉公人を抱える。

小野道場からの遣いが来て、桂三郎が翌朝に呼び出されたとなれば、安川市之助のように、ごまかすことは出来なかった。

「たわけ者めが！」

既に九太夫から厳しい叱責（しっせき）を受けていたが、その日になって、改めて親子四人による会議となったのだ。

「三筋町の方は、もう大変なお怒りじゃ。武門の家名を汚したとは、真に情けないとな……」

本家は三筋町に屋敷を構える大番士で、二百石を食（は）む旗本である。

新田家は代々武官で、走衆とて将軍の身辺警護を務める武芸優秀が求められる御役なのである。

九太夫も、伊東派一刀流の道場で剣を鍛（きた）え、彦太郎もここに習い、なかなかに頭角を現している。

次兄の益次郎は算学を修めていて、こちらは文官への出仕を目指し、その成績も優秀である。

そうなると三男の桂三郎も、何かの才を伸ばし、役に就けるようにと、新田家としては考えるのが当然のことで、

「桂三郎は、なかなか腕っ節が強いし偉丈夫であるゆえ、剣をもって身を立てるがよい」

九太夫の意向によって、桂三郎は剣客への道を志した。

貧乏御家人の三男坊である。親が言う通りに動くしかない。剣術道場に通わせてもらうだけでもありがたく思うしかなかったのである。

実際に、桂三郎は面倒な宮仕えよりも、己が力ひとつで生きていける剣客に成れたらよいと考えていた。

剣をもって士官などせずとも、指南役として出稽古をしつつ自分の道場を構える――。

それならば、肩身が狭いこの屋敷を抜け出して、自儘に暮らせるであろう。

体格にも恵まれていたので、父の意向はありがたかった。

そして九太夫は、将軍家剣術指南役を務める、小野派一刀流道場に入門させてくれた。

入門が決まった時は、

「誰よりも強くなってご覧に入れましょう」

意気上がった桂三郎であった。

しかし、いざ通ってみると、小野家の当主は自分よりも若く、新しい弟子を熱心に教える師範代もおらず、型と組太刀で茶を濁す稽古が次第に退屈になってきた。

「これが小野派一刀流の宗家だと？　まったくおれには合わぬ」

すぐにそんな想いが募ってきた。

それでも、父・九太夫は、

「末の倅は、浜町の一刀流の道場に通うておりましてな」

稽古の内容よりも、小野宗家の稽古場に息子が通っていることが大事であり、師範代からの評判ばかりを気にした。

本家に対しても何かと気遣い、

「お前は、道場での稽古に異を唱えているそうじゃな。三筋町では、怪しからぬと申されているそうな」

誰かが本家に流したよからぬ噂を耳にして、頭ごなしに叱りつけた。

桂三郎は、異を唱えたのではない。得心がいくまで師範代や兄弟子に、稽古法について問うただけなのだ。

九太夫が叱ると、五歳上の長兄はそれに追従して、

「お前は、伊東一刀斎になりたいとでも思うているのか。今の世においては、剣術は武士の飾りだ。いかに美しゅうまとうかが大事なのだぞ」

近頃は組頭からの覚えがめでたいのを鼻にかけ、わかったようなことを言う。

二歳上の次兄はというと、今では腕力では敵わぬと思っているからか、面と向かっては何も言わずに、

「ふふふ、桂三郎らしいな」

馬鹿にしたような笑いを浮かべるのであった。

穀潰しの三男坊にも、男の意地というものがあるのだ。剣客を志した上は、それがいかに将軍家剣術指南役の流儀だとしても、ただ教わるがままに木太刀を振っていたとて始まらぬ。

――おれは誰よりも強くなりたいのだ。

父や兄、本家の親類達が自分を強くしてくれるわけでもないのだから、

――おれはおれのやり方を貫いてやる。

そう心に決め、適当に周囲からの小言は聞き流しておいて、道場ではしつこいくらいに、稽古法について問い質す姿勢を崩さなかった。

しかし結局は、

「無礼な奴めが」

「口はばったいことをぬかしよって」

「勝ち負けにこだわるのなら、相撲取りにでもなればよいのだ」

などと言われてますます相手にされなくなった。

桂三郎が、くさっていくのも無理はなかった。

そうなると、何かと感情的になって喧嘩口論を引き起こすようになる。

そのうちに安川市之助、若杉新右衛門など、自分に同調してくれる者も出てきて、自ずと考え方、気性の似た者同士が寄り集まるようになった。

そして、遂に件の争闘を引き起こし、その粗暴を咎められ道場を破門になってしまった。

「おのれという奴は、ようも親に恥をかかせよったな」

九太夫は、出来の悪い三男に対する怒りを爆発させていた。

彼にとっては、桂三郎の剣への想いやこだわりなど、どうでもよいことなのだ。

小野次郎右衛門家の道場へ行かせ、剣の修行をさせているのが、父としての安心であり、世間への自慢であり、新田家の希望のひとつであった。

それが、こともあろうに破門を言い渡されるとは——。

「桂三郎。それゆえ申したであろう。武士の飾りは美しゅう身につけねばならぬとな。その飾りをはぎ取られるとはな……」

彦太郎は大きな溜息をついた。

「これもまた、桂三郎らしい。だが、兄の足を引っ張るなよ」

益次郎は、皮肉な物言いで、桂三郎を責めた。

誰も自分をわかってくれない、その絶望が桂三郎から怒りさえ奪っていた。

「わたしはただ、己が剣への想いを貫いただけのことにござります る」

桂三郎はそれだけを伝えて、後は押し黙ってしまった。

「己が剣への想いだと？　相弟子と袋竹刀を振り回して喧嘩をするのが、お前の剣術への想いだと申すのか！」

九太夫は何度も首を振って、

「桂三郎！　お前を叱るのも疲れた。当面は屋敷内で静かにしていろ！」

禁足を命じたのが昼前のことであった。

——ふん、出て行くなと言うならそれもよい。もう武士も剣術もうんざりしていたところだ。

桂三郎は、身から出た錆とはいえ、道場を破門されたくらいで、身内をただの厄介者と突き放す新田家の者達を恨んだが、

――いや、親父も二人の兄も、今時の飼い馴らされた武士であったと言うべきだ。

いっそ勘当して、外に放り出してくれたらよかったのだ。自分には剣は残らなかったが、外には身を寄せられる友がいる。

その想いだけが、桂三郎を支えていた。

七十俵五人扶持とはいえ、屋敷は百坪以上の敷地に建っている。

旗本の屋敷のように表と奥の区別などないものの、桂三郎の部屋は奥の離れにある。

かくなる上は、しばらくここで世捨人になって、無為の日々を過ごしてやろうではないか。

とどのつまりは自暴自棄となって離れの一間に籠っていると、その日の昼下がりとなって、新田屋敷に来訪者があった。

その人こそ、中西忠太であった。

十一

新田桂三郎が、御徒町に住む走衆の息子であるというのを、忠太は息子の忠蔵から

聞いていた。

そうなると、その屋敷がどこにあるかくらいはすぐにわかる。

この日は、謹厳実直で融通が利かぬとの噂の新田九太夫が、屋敷にいると聞きつけ、忠太はちょうどよいとばかりにやって来た。

今頃は、桂三郎が小野道場を破門になったことを、九太夫は烈火のごとく怒っているだろう。

「小野派一刀流剣術指南・中西忠太と申す。桂三郎殿のことで、ちとお話ししたき儀がござる……」

まずそう言って案内を請うと、忠太は丁重に書院へ通され、主の九太夫がとび出すように出て来た。

どうやら九太夫は、中西忠太の剣名を聞き及んでいたようで、倅が破門になった直後に何ゆえわざわざ訪ねて来たのか、大いに気になったらしい。

小野道場を破門の後は、練塀小路の道場でお預かりいたしたいと思う——。

そして忠太がその由を告げると、

「何と、中西先生が倅を……」

九太夫は口をあんぐりと開けたものだ。

「不足でござりまするかな？」

「いえ、とんでもないことでござりまする。ただ、先生に御迷惑が及ぶのではないかと思いまして……」

九太夫は少し上目遣いに忠太を見た。

小野道場が破門した者を、その高弟である忠太が引き受けてよいものであろうか。

九太夫のような組織に生きる者には、そこが気になるらしい。

迷惑が及ぶのではないかと、忠太を気遣ってはいるが、小野道場から忠太が睨まれたとすれば、その余波が新田家にも及ぶのではないかという不安が先に立つのだと、忠太は見た。

何ごとにも直情径行で臨む忠太ではあるが、彼とても奥平家に仕える身で、七十俵五人扶持でも、御家大事の九太夫の思考は容易に見抜ける。

――なるほど、息子も三人いれば、親の考えと合わぬ者も一人くらいは出てくるのであろうな。

それが新田家にとっては桂三郎であり、ましてや三男坊ともなれば、親とても時に疎しくなり、桂三郎も僻みもあって、反発を覚えたりもするはずだ。

短気で喧嘩っ早い外での新田桂三郎は、屋敷内でこのように育まれてきたのに違いない。

忠太にはわかるような気がした。

「あれこれ御懸念には及びませぬ。我が師・小野次郎右衛門忠一先生は、生前某に、小野を出て、お前の一刀流を築くようにと申し渡されておりましたゆえ」

忠太はにこやかに説いた。

流儀は小野派一刀流であるが、稽古場が中西道場に変わるだけだと、こともなげに告げたのだ。

「なるほど……」

九太夫の目が輝いた。

それならば、桂三郎が中西道場で人に認められるようになれば、

「小野道場を破門になったのには、何やら深い訳があったのに違いない」

そのような風聞が立ちもしよう。

世間体を取り繕うことも出来ようものだと、九太夫なりの打算が、彼の本音の内に駆け巡っている。

「某の目から見て、桂三郎殿には剣術の天分が眠っておりまする。小野家は今、当代がお若く道場が落ち着いておらず、若い門人の才を引き出す余裕がござらぬ。それゆ

え、某が代わって御子息を鍛えてみたいと思いましてな」

「桂三郎に天分が？」

「親の目からは、なかなかわからぬものでござりまするよ。桂三郎殿が、小野道場に入門した頃、某は旅に出て道場に顔を出しておりませなんだ。もっと早うに会うていれば、このようにはならなんだものを……」

「では、先生は倅めを一目見て……」

「いかにも。これは、御当家の御血筋でござりますかな。ははは……」

忠太はここぞとたたみかけた。不思議な男である。決して思慮深いわけではないのに、子を持つ親をその気にさせる、徳のごとき風情が忠太には備っている。

「何卒、倅を再び先生の手で、鍛えてやってくださりませ」

厳格な九太夫が、忠太に頭を下げるのに、時はかからなかったのである。

九太夫は、禁足を言い渡している桂三郎をすぐにここへ連れて来ると申し出たが、

「いやいや、御父上の前では話しにくいこともござりましょう。某が訪ねて、二人で話しとうござる……」

忠太は、そう告げると共に、まず自分の剣技を披露いたさねばなるまいと、庭先を借りて己が太刀を抜く許しを得て、型の演武をしてみせた。

九太夫は、これを彦太郎、益次郎と共に観て、

「真にもって、お見事……」

どのようにして抜刀したのかわからない速さで白刃が閃いたかと思うと、毛筋ほどの無駄のない動きから、次々と技が繰り出される。

もしも、自分が抜刀して向かっていけば、一刀のもとに真っ二つにされてしまうであろう——。

そのような凄みのある剣気が、たちまち庭先に充ち溢れたのであった。

九太夫は、自身も剣術の稽古に明け暮れたことがあるだけに、中西忠太がいかに偉大な剣客かがよくわかる。

——この先生ならば。

と、興奮を禁じえなかった。

ただただ素直に中西忠太の剣を認めるだけではなく、九太夫の脳裏には、現在の小野道場の事情を考えると、

「これからは、中西道場が一刀流の王道を進むのではあるまいか」

という感慨も湧いてくる。

そうなれば、小野道場を破門になった後、中西忠太自らが桂三郎を勧誘に来た事実

は、新田家の誉にもなろう。

「先生、どうか桂三郎をお見捨てなきように願いまする」

九太夫は忠太に懇願しつつ、彼を桂三郎が籠っている一間に案内した。

桂三郎は、一間の外が何やら騒々しいと感じていたので、

「誰か知らぬが、客人のようだ」

と、予想していた。

しかし、

「邪魔をいたすぞ……」

と入って来たのが中西忠太であったので、驚き慌てた。

その折には父・九太夫も顔を出し、

「先生が、お前を案じてお越しくだされたのだぞ。まさか既に無礼を働いてはおらぬであろうな。お前の剣術への想いを、よくお聞きいただくがよい」

それだけを言い置いてから退がったので尚さらであった。

桂三郎は、破門を言い渡された日に、

「剣術なんぞは、もううんざりなんだよ！」

と、自分の剣術への想いと共に、既に忠太に対して無礼な口を利いていた。

――まさか、屋敷にまで訪ねて来るとは。

桂三郎は、ますます忠太が恐ろしくなったが、今の父の口ぶりでは、自分のことを悪く言わなかったようだと、少しばかり安堵していた。

忠太はニヤリと笑って、

「今でも剣術はうんざりか？」

と、小声で言った。

「いや、それは……」

桂三郎は言葉に詰った。本音を言うと、剣術がうんざりなのではなく、現在の自分を取り巻くあらゆる事情にうんざりとしているのだ。

しかし、父兄の圧力で、変心したとは思われたくない。

「うんざりでござる」

落ち着き払って応えた。

きっと九太夫は、中西道場からの誘いを願ってもないことだと、ありがたく受け容れたに違いない。

しかし、自分はつい今しがた、父と兄にあれこれ罵られ、禁足を言い渡されたのだ。

反省すべきことがあるなら、誰が手を差し伸べてくれようと、反省すべきであろう。

それに怒って、父が自分を勘当にするならそれでもよい。その時こそ、この窮屈な屋敷から出ていける。

桂三郎は、開き直っていた。

「左様か。おぬしがそう言いたくなる気持ちはわかる。おれは、そういう意地を張る男は嫌いではない」

忠太は心からそう思っていた。

男なら親に宥めすかされるのを嫌い、かくなる上は自分一人で生きてやる、というくらいの気概がなくて何とする。

「九太夫殿が何と言おうが、おれはおぬしがその気にならぬというなら、無理にとは言わぬ」

突き放すように伝えた。

あとは自分の考え方ひとつだと、あっさりとして言い放った忠太を、

――まったくずるい男だ。

桂三郎は心の内で罵った。

確かに自分は、これによって家から勘当を受けてもよいと覚悟を決めているが、そこは他人との話ではない。

実際に話すとなれば、父が了承した一件をはねつけるのは甚だむつかしかろう。宮仕えという荒波で生きてきた、父・九太夫と比べれば、桂三郎は十七歳で、まだまだ子供である。

巧みに宥めすかされ、結局は中西道場に行かざるをえないかもしれないのだ。

それでも、中西忠太はわざわざ自分を誘いに来てくれた。この一事をもって、親兄弟に対し、桂三郎は今、大いに面目を施しているはずだ。

感謝せねばならぬむきもある。

若い桂三郎の頭の中は大混乱に陥り、何も言えなくなっていた。

忠太はそこを狙いすましたように、

「ひとつだけ申しておくが、おぬしには見込みがある。このまま腐らせるのは惜しいと思うたゆえ、訪ねて来たのだ。おれのやり様が頭にくるならば、仲間を募って喧嘩をしに来るがよい。相手になってやるぞ」

と、挑発するように言った。

そして、やはり何と応えていいのかと、口をもごもごさせる桂三郎に、

「まず、おぬしにそれだけの気概があればの話だがな。ふふふ、三男坊は辛いの」

からかいの言葉を残して、部屋を出たのである。

十二

乾いた冬の夜風が、土手の柳を揺らしていた。

何ともうら寂しい風景に、時折、女達の白粉で固められた顔が浮かぶ。

女達は、この辺りの闇に紛れて春をひさぐ、夜鷹達である。

「おう、若えの、抜かりはねえだろうな」

中年のでっぷりと太った浪人者が、囁くように言った。

「ああ、任せてくんねえ……」

精一杯、貫禄を見せて応えたのは、若杉新右衛門であった。

小野道場から破門された、あの若き剣士は、今ここで用心棒の真似ごとをしていた。

街娼である夜鷹にも検番があった。身を守ってくれたり、あれこれと話をつけてくれる牛という男達も、夜毎この辺りをうろついている。

ところが近頃、猪熊という破落戸が、命知らずの乾分共を率いて、辺り一帯を勝手に仕切り始めた。女達の僅かな稼ぎからも吸い上げんと、牛達を痛めつける事件が起こり、検番側も黙っておれずに、腕っ節の好い男達を集めこれに対抗した。

そして今宵は、用心棒を数人付けて、決着をつけてやろうと、猪熊達の来襲を待ち構えているのであった。

盛り場をうろつき、何度か勇み肌の若い衆を喧嘩で叩き伏せた新右衛門は、腕を見込まれて、用心棒の一人として雇われた。

道場を破門になり、苛々としていたところにきた話で、金にもなる上に、うさ晴らしにはちょうどよいと、新右衛門はこの話にとびついたというわけだ。

とはいえ、まだ十七歳で、体が出来上がっていない新右衛門は、他の荒くれ用心棒達と並び立つと、いささか心もとなく映る。

自分でもそれがわかるゆえに、

「いやいや、名門の道場で剣の修行を積んでいたのだが、気にくわぬ奴を半殺しの目に遭わせて追い出されたというわけで……」

などと、折に触れて虚勢を張ってみたのだが、誰からも鼻で笑われて、相手にされなかった。

——見ていろよ。そうすると、お前らなんぞには負けぬからな。

次第に闘志が湧いてきて、相棒の太った中年と、今か今かと敵を待っている間、少しは凄みも出てきたらしく、用心棒や牛達からも気易く声がかかるようになってきた。

それにしても——。

夜鷹達の中には、もう三十を過ぎたのではないかと思われる女もいる。

白粉で顔の皺を埋め、夜陰に若さを見せかけて、僅かばかりの銭で身を売る。彼女達にいったいどのような因果があったというのであろう。

牛達もそうだ。苦界に沈む女達の稼ぎをあてにして暮らす身が、哀しくならないのか。

――ふッ、おれも人のことが言えたものではなかった。

今日の用心棒代は一両。これが高いのか安いのかはわからぬが、その金は夜鷹達が身を売った銭から出ているのだ。

「大事に使わせてもらいますよ……」

既に支給されている半金の二分を、懐の内に確かめて、新右衛門は星空に呟いた。

乱暴者だが、彼には田舎者の大らかさがある。

若杉新右衛門は、八王子の名主の倅で、郷士である。家の期待を背負って、江戸へ剣術の留学をしていた。

それゆえ、高砂町に小体ながらも一軒家を借りてもらい、これまで何不自由なく暮らしてきた。

さすがに奉公人まで付けられるのは肩の荷が重く、

「何ごとも修行でございますゆえ、ただ一人で励みとうございます」

などと言って出府したのが、今となっては救いであった。

小野道場の有田十兵衛は、新右衛門に破門を言い渡したが、実家にまで報せてはいなかった。

どうせそのうちに知れるところだが、それまでの間、あれこれ策を立てられるというものだ。

新右衛門は悩みに悩んだ。

このまま国に帰って、親に頭を下げて百姓として暮らすか、江戸で浪人となって生きていくか——。

まだはっきりと自分の中で結論は出ていないものの、江戸で半年暮らせば、もう退屈な故郷に帰る気は失せていた。

新右衛門にも兄がいるし、生家も跡継ぎには困るまい。江戸で剣客になるという夢を胸に故郷を出たが、

——剣術ばかりがよすがでもあるまい。

事実を知れば、実家からの援助もたちまち打ち切られるであろうが、江戸には人も金も動いている。

——何とかなるだろう。

そんな風に気楽に構えていたところに、今度の用心棒話である。

新右衛門の気持ちは、何とか江戸で用心棒などしながら食いつないでいく方向に大きく傾いていた。

「おい、来やがったぞ……」

太った中年が唸った。

今、新右衛門は相棒と柳並木の一隅に身を潜ませていたが、土手の東側から数人の男達が、こちらへ向かって歩いて来るのが、連中が提げている提灯の明かりに見えた。

先頭を行くのは、頭目の猪熊のようだ。

元は相撲取りだと聞いているが、正しく猪首に熊の胴体を引っ付けたような、勇ましい大男である。

連中は、棍棒など手に手に得物を持っているようだ。

「若えの、無闇に腰の刀は抜くんじゃあねえぞ」

太った中年は、手にした棒切れを掲げてみせた。それは、新右衛門の手にも握られている。

ここは江戸御府内である。破落戸相手の喧嘩に武士が抜刀すれば、咎められるのは明らかなのだ。

「どうしようもなくなった時に抜いて、相手を脅すんだ」

太った中年は、訳知り顔で新右衛門に告げたが、その声はいささか震えていた。

新右衛門も武者震いを禁じえなかった。

不思議であった。先日、小野道場の青村理三郎、玉川哲之助達と決闘に及んだ時は、これほどの震えは覚えなかった。

小野派一刀流を学ぶ剣士よりも、町の破落戸に緊張を覚えるのはどういうことであろう。

剣術を学ぶ意義とはどこにあるのか、そんな想いが頭を過(よぎ)った時。

「おう猪熊、ここへ何をしに来やがった！　お前のような薄汚ねえ野郎は、溝(どぶ)で餌(えさ)でもあさっていやがれ！」

牛の頭が一声叫んだかと思うと、たちまち喧嘩となった。

新右衛門も、太った中年と共に並木の陰から出て、喧嘩の輪の中へ入った。

その刹那(せつな)、今まで習ってきた剣術の技などは、すべて体から吹きとんでいた。

思った以上に敵の人数が多く、用心棒などまるで恐れぬ、猪熊の命知らずの乾分達が、棍棒で打ちかかってくるのだ。しかも喧嘩馴れをしているだけに性質(たち)が悪い。

夜鷹の護衛組は劣勢を強いられた。

無我夢中で棒切れを振り回す新右衛門は、それでも日頃から木太刀を振っているだけに、その動きに無駄がなく、敵を二人ほど叩き伏せた。

しかし、ふと傍らに目を遣ると、

「よ、寄るな！　叩き斬るぞ！」

太った中年が、棒切れをとばされ、既に刀を抜いて抜き身を振り回していた。

――何だ、このおやじは。

まったく口ほどにもない男で、刀を抜けば相手を威嚇出来ると思っていたのであろうが、素人相手に棒切れを打ち落されるくらいの腕前である。刀を抜いたとて、相手は恐がらずに打ちかかってくる。

そして、相手の大将の猪熊は、恐しく強い。丸太ほどもある棒切れを手に、

「馬鹿野郎！」

と打ちかかり、哀れ太った中年は、脾腹をしたたかに打たれ目をむいてその場に倒れてしまった。

他の用心棒も同様に、猪熊組に追い立てられている。新右衛門も支え切れずに、棒切れが折れてしまい、

「くそ……！」

と、堪らず腰の太刀に手をかけた。

その時であった。

疾風のごとく黒い影が走り来たかと思うと、猪熊の腹に棍棒を突き入れた。

「うッ……！」

猪熊は、どうッとその場に崩れ落ち、影はそれには目もくれず、新右衛門の前の二人の敵を地に這わせた。

一人には足払い、もう一人には面を決めたのだ。

――助かった。

この強い味方の加勢で、新右衛門はほっと息をついたのだが、あろうことか影は、そのまま新右衛門に、つつッと寄って、今度は拳で彼の鳩尾を突き、動けなくなったところを肩に担いで、あっという間に争闘の場から消えてしまったのである。

十三

「おい、勇ましい恰好だな……」

襷を十字に綾なし、袴の股立ちをとった姿で、今村伊兵衛は物置小屋の整理をしていたのだが、からかうような声にふと動きを止めた。

出入り口の木戸から、にやにやとしながら覗き見ている人影は、平井大蔵であった。

伊兵衛は、友の来訪に喜びつつ、

「そういう大さんも、よく似合っているよ」

大蔵の姿を見て笑った。今日の大蔵は筒袖に裁着袴（たっつけばかま）のようなものを身に着けていて、手には薬箱を提げている。

「まず埃（ほこり）だらけだが、中へどうぞ……」

伊兵衛の手招きで、

「油売っていると叱られるんだが、ちょっと話があってな」

大蔵は、隠れるように物置の隅に腰を下ろした。

この物置は、大伝馬町（おおでんまちょう）一丁目にある木綿問屋〝伊勢屋（いせや）〟の持ち物であった。

伊兵衛は、この店の次男である。主の住蔵（じゅうぞう）は、祖先が伊勢の出の武士であったことから、武士に対する思い入れが強く、大の剣術好きとして通っていた。

それゆえ、身内から剣客を輩出するのが夢で、伊兵衛が子供の頃から快活で、なかなかの利かぬ気であったから、

「お前は、武士として生きるがよい」

と言って、店に出入りしていた書役の浪人の養子にしてしまった。

それで今村伊兵衛となり、小野家の門人になれるよう、住蔵が手を回したのだ。

浪人の今村家は、既に養父母共に他界していて、正しく形だけのものになっていたから、住蔵は〝伊勢屋〟の敷地に浪宅を設け、伊兵衛を日頃から出入りさせていた。

それゆえ伊兵衛は元服後、親兄弟の中で一人だけ武家の体で暮らすという、おかしさを強いられていた。

そもそも次男であるし、住蔵が熱心に勧めるゆえ、武士になるのも悪くないと考えたのだが、

「物持ちの道楽で生まれた、俄武芸者」

と、世間からは陰口を叩かれ、小野道場でも相手にされず、それが彼をぐれさせたことは否めない。

自分の願いを聞き入れ、小野道場へ通う伊兵衛を、住蔵がかわいがり甘やかしたのもいけなかった。

道場では剣術に精進するよりも、自分をわけ隔てなく仲間として認めてくれる、安川市之助達との交遊に時を費やすことになり、遂には破門の憂き目を見た。

住蔵は、さすがにこれには応えたものの、伊兵衛を剣客にする夢は捨てられず、今

は物置の整理を罰として与え、

「さて、いかがしたものか……」

と、思案の最中であった。

そして、〝伊勢屋〟で謹慎中の伊兵衛をそっと訪ねた平井大蔵はというと、彼も同じく破門を知った親から、罰として当面は家業を手伝うように申し渡されていた。

大蔵の家は通旅籠町(とおりはたごちょう)の町医者で、御多分に洩(も)れず大蔵も、父・光沢(こうたく)の次男として生まれた。

どうせ跡は兄が継ぐのだから――。

この想いが、次男を奔放にするのだろうか。偉丈夫で、日頃から血を見慣れている大蔵は、

「おれが暴れたら、家業繁盛だ……」

などとうそぶき、男伊達(おとこだて)を気取って喧嘩に明け暮れた。

「先生の次男坊に怪我をさせられましてな……」

平井家の医院には、大蔵に痛い目に遭わされた者達が殺到した。

家業繁盛どころか、診料は取れずにかえって迷惑であった。

「お前は何をしたいのだ？　返答次第では勘当するから心して応えよ」

そのように迫られると、大蔵も応えに窮して、思わず剣術をしたいと言ってしまった。

「よし、それならば名だたるところで修行しろ」

光沢は、それもよかろうと、往診する家の中に小野派一刀流を修めた武家があり、そこから伝手を得て入門させたのである。

光沢は、伊勢屋にも出入りしていて、そもそも伊兵衛が小野道場に入門出来たのは、大蔵の入門を知った住蔵が、

「何卒、うちの倅にもお口添えを……」

と、光沢に頼みこんだからであった。

大蔵と伊兵衛は、子供の頃からの顔馴染(かおなじみ)であったから、住蔵にとっても願ってもないことであったのだが、それが災いして二人共に破門となったわけだ。

そんなわけで、大蔵は光沢が抱える患者の家々に薬を届ける役目を負わされているのだが、そっと伊兵衛を仕事の中に訪ねたのは、

「昨日の夜遅くに、駕籠(かご)に乗せられた新さんが、医院に運ばれて来たんだ」

その一件を報せるためであった。

新さんとは、彼らの仲間の若杉新右衛門のことである。

「新さん、怪我でもしたのかい？」

「ああ、それほど大した傷でもないのだが、念のために連れて来たと、付き添いの者が言うのだ」

「付き添いの者？」

「ああ、それが、あの中西忠太なんだよ」

柳原の喧嘩に用心棒として加わった若杉新右衛門を救い、尚かつ当て身をくらわせて連れ去ったのは、言うまでもなく中西忠太であった。

老僕の松造が、新右衛門が用心棒の仕事を受けたと聞きつけ、忠太に告げた。

忠太は、このままでは新右衛門は間違いなく身を持ち崩すと見て、そっと見守りに行ったのである。

そして、平井家に怪我人として運んだのにも意味があった。

「某は、小野派一刀流剣術指南・中西忠太と申す者にござる。今しがたこの者が、喧嘩を止めんとしてこれに巻き込まれて怪我をしたのを見かけましてな。それで連れて参った次第でござる。何卒、診てやってもらえませぬかな」

口上を述べると、光沢は驚いた。

詳しくはないが、小野道場にあって抜群の腕を誇った高弟の一人に、中西忠太なる者がいるとは聞き及んでいた。

そして、運ばれてきた若者には見覚えがあった。

大蔵に手伝わせると、

「新さん、どうしたんだい？　あれ？　先生……」

彼は二人を見て目を丸くした。

光沢はそれで、若杉新右衛門がよく大蔵と一緒にいる相弟子であることに気付いた。

しかも、恐らく新右衛門もまた、共に破門されたはずである。

「おお、そなたも感心じゃな。御父上の手伝いをしているのだな」

忠太は、大蔵に親しげに声をかけたものだが、その時新右衛門が我に返って、医院にいる自分が、忠太によって連れてこられたと悟り、

「何故おれをここへ連れて来たのだ？　余計な真似をしやがって……」

忠太に食ってかかった。

「ええい、落ち着かぬか！」

忠太は、新右衛門を投げとばすようにして診察台の上に横たわらせた。

「痛ぇ……、な、何しやがる……」

「それでは傷の具合を診てもらえぬであろう」

忠太が叱りつけると、それに呼応するように、光沢が大蔵に新右衛門を押さえておくよう合図をして、

「これ、新右衛門殿と申したな。あちこち傷ができている。まず療治が先じゃぞ」

と、窘めた。

新右衛門は、それでこの医院が平井大蔵の家だと気付いて沈黙した。

忠太はここぞとばかりに、

「おぬしは、あの喧嘩を止めに入ったのであろう」

「止めに入った……？」

「止めに入ったのであろう！」

「え、まあ、それは……」

「見上げたものだ。だが、いくら相手が無法者であっても、刀に手をかけてはならぬ。いくら小野道場を破門になったからと申して、おぬしはこの先も剣術に励まねばならぬのだ。破落戸相手に刀を抜けば、おぬしも破落戸になってしまう。それゆえ、おれもまた割って入って、おぬしをこれへ連れて来たのだ。何か文句があるか」

このようにたたみかけた。

新右衛門は、黙るしかない。

光沢は、新右衛門の傷の手当てをしながら、忠太の話を注意深く聞いていた。

それを手伝う大蔵も、それなりに事情が呑み込めてきて、中西忠太のお節介には何か意味があるのであろうかと、興がそそられた。

すると、忠太は大蔵を見て、

「そういえばおぬしも小野道場にいたな」

ずけずけと声をかけてきた。

言葉に詰まる大蔵を尻目（しりめ）に、

「これは倅でございますが、暴れ癖が治らず、あえなく破門になりまして……」

忠太に訴えるように言った。

「ははは、いかな先生とて暴れ癖は療治できませぬか。とは申せ、暴れ癖などは若い頃には誰もが病むものでござる」

忠太はそれを笑いとばして、

「まあ、はしかのようなもので」

「左様でございましょうか」

「武芸に生きる者には、猛々（たけだけ）しさや、荒々しさもまた無（の）うてはなりませぬ」

言葉に力を込めた。

そして、新右衛門と大蔵を交互に見て、

「おぬしらには勇気がある。新たな剣を見つけんとする気概もある。練塀小路の南におれの道場があるゆえ、稽古に来るがよい」

と、伝えた。

「よろしいのでございまするか」

これに声を弾ませたのは光沢であった。父として、大蔵が心の内では医術より剣術を志したいと思っているのは手に取るようにわかる。暴れ癖が未だ治らぬ大蔵は、このような熱意に溢れた剣客に預けるのが何よりだ。

「ああ、これは御無礼仕(つかまつ)った。平井先生のお許しがあってのことでござりましたな」

「大蔵については、どうぞよしなにお願いいたしまする」

光沢が丁重に頭を下げた時、新右衛門の傷の手当ては終っていた。

新右衛門と大蔵は、何も言えずにただ呆然(ぼうぜん)として忠太を見ていたが、

「おお、そういえば、もう一人、今村伊兵衛という悪いのがいたな。あの馬鹿も誘ってやるがよい」

忠太は、にこやかに頷くばかりであったのだ。

十四

「なるほど、そういうことか。新さんと大さんとおれに、道場へ来いと……」

話を聞いて、今村伊兵衛はしかつめらしい顔をして腕組みをしてみせた。

先日、皆で中西忠太の勧誘を嘲笑って逃げ出したのにもかかわらず、何ごともなかったように誘いをかけるとは、ますます不気味であった。

しかし、伊兵衛の表情はどことなく綻んでいた。

何を考えているかわからぬ中西忠太であるが、自分のことも覚えていて、誘ってやれと言ったというのは気分がよかった。

しかし、それを悟られまいと、伊兵衛はわざとしかめっ面をして、

「で、新さんは何と言っていたんだい？」

「それが、中西忠太が帰ってから、おれは新右衛門を高砂町まで送っていったんだが、奴は随分と怒っていたよ」

「怒っていた……？」

「お蔭で、後金の二分がもらえなくなってしまったと言ってたな」

「なるほど……」

忠太が加勢したことによって喧嘩は収まったようだが、新右衛門はその場から連れ出されたのだから、最後まで残って戦ったとは言えまい。今さら後金をもらいにも行けないと言うのだ。

「おまけにな。あのおやじは、市さんと、桂三郎のところにも現れたそうだぜ」

「やはりそうか」

「あの二人には、おれと喧嘩をするつもりならいつでも相手になってやるから、仲間を連れて来るがいいと、凄んだらしい」

「そんなら新さんは、二人と一緒に……」

「おれと別れてから、そんな話になったんじゃあねえかな。今朝、市さんから繋ぎがあって、一度五人で集まりたいってことだから」

「五人で？　そいつは好いねえ」

伊兵衛は頰笑んだ。一番年少の彼は、とにかく五人の内に加わっていることが嬉しいのだ。

その二日後の朝、五つ刻――。

安川市之助、新田桂三郎、若杉新右衛門、平井大蔵、今村伊兵衛の五人は、和泉橋で落ち合った。

あれこれ繋ぎを取り合うより、今の五人は、独り暮らしの新右衛門は元より、他の四人も一様に、

「中西先生の道場を訪ねてみようと思います」

と、家の者に言えば、すんなりと外出が出来たのである。

今村伊兵衛の父・伊勢屋住蔵にも、平井光沢からすぐに、中西忠太が医院に訪ねて来たことが伝わった。

それによると、忠太は平井大蔵の中西道場への入門を認めた上に、伊兵衛も誘ってやれと言い置いたという。

伊兵衛を剣客にする夢を諦めきれぬ住蔵は、

「平井先生、またこの度もよろしゅうお願い申します」

すぐに伊兵衛を呼んで、中西道場で面倒を見てもらうようにと厳命した。

市之助、桂三郎、大蔵も、それぞれの親が、息子の中西道場への入門を望んだから話は早かった。

そして、小野道場破門仲間の五人は、とりあえず中西道場へ出向いて、話だけでも聞いてくると親に断って来たのである。

五人はまず談合した。

「おれはお袋が何と言おうが、中西道場なんぞに入門しねえぞ」

市之助は開口一番、怒りを爆発させた。

忠太が自分にお節介を働くのは、ありがた迷惑であり、

「あの野郎は、おれを卑怯者の負け犬だとか、腰抜け野郎だとぬかしやがった」

喧嘩を売ってきたのは中西忠太の方なのだと、口を尖らせた。

「おれも奴に喧嘩を売られたぞ」

これに桂三郎も同調した。

「おれのやり様が頭にくるならば、仲間を募って喧嘩をしに来るがよい、なんてぬかしやがった上に、三男坊は辛いの、などとからかいやがった」

「おれは不意打ちをくらわされて、二分の金を受け取れなんだのだぞ。仲間を募って喧嘩をしにくればよいだと？　それならおれがその仲間だ。市さん、桂三郎、やるならおれは加勢するぜ」

新右衛門も、鼻息を荒くした。

「喧嘩するなら、おれも加勢するよ」

「おれもだ。仲間だからな」

大蔵と伊兵衛も、大きく頷いた。

市之助はニヤリと笑って、仲間達を見廻したが、

「皆の気持ちはありがたいが、桂三郎と大蔵に伊兵衛。お前らは、親から中西道場に入門するように言われているんだろう。そんな真似をしていいのかよ」

一番の年長らしく、少し窘めるように言った。

「いいんだよ。親がどう思ってようが、入門するのはおれなんだ」

桂三郎はきっぱりと言った。世間体を気にしてばかりの父親に逆らってやるのも痛快だ。

貧乏御家人の三男坊に、どれだけの未来があるというのであろうか。

中西忠太という剣術師範は、今までに会ったことのない男であるのはわかる。

息子の忠蔵も好い奴である。

だが、説教も大きな声ですれば爽やかに響く、などと言わんばかりの押し付けがましさが気にくわない。

親を利用して、その息子に剣術を続けさせせんとするのもおもしろくない。

しかも、仲間の兄貴分的な存在の安川市之助を、卑怯者の負け犬などと蔑(さげす)むのは許せない。

「喧嘩をする気概を見せてやろうではないか」

桂三郎の決意に、大蔵と伊兵衛は再び大きく頷いて、

「おれは剣術は好きだが、親のためにではなく自分のためにしたいんだ。だから、そんなことは気にしてくれなくていいよ。それより、仲間を募ってと言われたら、おれも喧嘩を売られたわけだ。助っ人するぜ」

「おれ達は仲間だからね」

大蔵と伊兵衛の想いも変わらなかった。

「よし、じゃあこれから練塀小路に乗り込んで、おれ達に売られた喧嘩を買おうじゃねえか」

市之助は低い声で言った。

四人に異存はない。

新右衛門の話では、恐ろしく強い猪熊という破落戸の親玉を一撃で倒したというが、

「おれにいきなり当て身を食らわせたのと同じように、あれは意表を突いただけのことだ。手強(てごわ)い相手であるのは確かだが、喧嘩ならおれ達五人の方が強いのに決まっている。なに、中西忠太など、型と組太刀の他は恐るるに足りずだよ」

と、なる。

「言っておくが、喧嘩は正々堂々とするぞ。それと中西忠蔵は好い奴だ。おやじと喧嘩をしたからといって、奴を嫌うのはよそう」

市之助は、すっかり一軍の将となっていた。

共に中西道場に向かって行軍する彼の仲間達は、意気盛んであった。

だが、誰もが口に出さなかったが、喧嘩相手である中西忠太には、不思議と憎しみが湧いてこなかった。

彼らが憎んでいるのは、小野道場を破門になった出来損ないの剣士達を、何とかして鍛えてやろうという剣術師範に、素直に心を開くことが出来ない自分自身であったのかもしれない。

不遜で、ちょこざいで、小癪な若造であるのはわかっている。

しかし、好きで始めた剣術が、何故か思うように身に付かない。

誰よりも熱心に打ち込もうとしてきたのに、あらゆる叱責や嘲笑を受け、ついにはやる気さえも奪いとったのは何であったのか——。

それは、謂れ無き偏見と、とかく下らない因襲を、押しつけてくる大人達ではなかったか。

中西忠太は、正しくその大人達の側にいる男なのだ。しかも、破門にされた小野道場の高弟であるという。

彼らにとっては、大きな壁だ。

だからこそ打ち破ってみたくなる。

それがこの五人の若さであり、誇りであるのだ。

十五

練塀小路の中西道場は、間口六間、奥行十二間であったとされる。

しかし、その興隆を迎えるのは、もう少し歳月を待たねばならぬ。

その半分ほどの大きさの稽古場に、中西忠太はいた。

安川市之助、新田桂三郎、若杉新右衛門、平井大蔵、今村伊兵衛は、いよいよその道場に足を踏み入れた。

ただ一人稽古場の見所に座す中西忠太は、彼らの目には実に神々しく映った。

考えてみれば、稽古場で忠太に会ったことはなかったのだ。

外では、どこか惚(とぼ)けていて、剣術の話になると熱くなる様子には、うさん臭さを覚えていた。

それが稽古場では、近寄り難い剣気を発しているのである。

「そろそろ来る頃だと思うていた。ここには今、おれだけしかおらぬ。まず上がるがよい」

忠太は静かに言った。だが彼の表情に笑みはない。

機先を制するというのは、こういうことなのであろう。

「おう！　中西先生、売られた喧嘩を買いに来たぜ！」

まずそれくらいの啖呵を切ってやろうと思っていた安川市之助であったが、無言で一礼すると、仲間と共に静々と稽古場に上がっていた。

それほどまでに、道場内には厳かな気が満ちていたのである。

「それへ座れ……」

忠太は顎をしゃくった。

稽古場に入ったところに、袋竹刀が五振り、等間隔に置いてあった。

市之助達は、相変わらず無言で袋竹刀を左側にして、それぞれ座して居並んだ。

「よし、まず聞こう。おぬし達は稽古をしに来たのか、喧嘩をしに来たのか？」

忠太は問うた。怒っているでもなく、笑っているでもない。絶妙の穏やかな表情の中に、目だけがらんらんと光っていた。

どちらであっても、今日はお前達の相手をしっかり務めよう――。

その誠意だけは見てとれた。

押されっ放しでは業腹である。市之助は、忠太からかけられた呪縛（じゅばく）を振り払うように、

「喧嘩をしに来たのに決まっているじゃあねえか」

腹から絞り出すように言った。

「そうか。そいつは御苦労なことだ」

忠太は、初めてニヤリと笑った。

「卑怯者の負け犬と言われて、黙っていられるか」

「ほう、さすがだな市さん、皆から一目置かれているだけあって、骨があるではないか」

忠太は挑発するように言うと、今度は桂三郎を見て、

「三男坊も喧嘩をしに来たか」

「ああ、親から勘当されようとも、売られた喧嘩を買いに来た」

三男坊とからかわれ、桂三郎はむきになって応えた。

「左様か。で、そこの三人が、募りし仲間というわけか」

新右衛門、大蔵、伊兵衛は、しっかりと頷いた。

「新右衛門、お前は何だ、助けてやったというのに、おれに刃向かうとは、恩知らずな奴だな」

忠太は、若い荒くれ達との会話を楽しんでいた。たちまち口を尖らせて、顔を真っ赤にする新右衛門が、おもしろくて仕方がなかった。

「お、恩知らずだと？　助けてくれと頼んだ覚えはない！　おまけに不意打ちをくらわしやがって、こっちは大損だ」

「何が大損だ。あのまま刀を抜いていたら、お前も破落戸の仲間入りをしていただろうよ。大蔵、伊兵衛、悪いことは言わぬゆえ、ここで稽古をして帰れ」

「言っておくが、おれ達はもう小野道場の門人ではないんだ。ということは、あんたは先生でも何でもない。おれの仲間に喧嘩を売った、憎いおやじってことになる。だからおれは、市さんと桂三郎に加勢するんだよ」

腹を据えた大蔵の隣で、伊兵衛が精一杯大人の顔をして頷いた。

「よし、仕方がないな。では、先だってと同じように袋竹刀での喧嘩と参ろう。おぬし達にはお手のものであろう」

忠太は、自らも袋竹刀を手にして、見所から稽古場に降り立った。

市之助は袋竹刀を手に取り、立ち上がった。他の四人もこれに続く。

「ひとつ言っておくが、先だっての喧嘩というのは、青村理三郎と玉川哲之助達を袋竹刀で叩き伏せたことか？」

市之助が問うた。

「そうだ、あの喧嘩はなかなか見事だった」

「あれは喧嘩ではない。おれ達と奴らの仕合だ」

「仕合か。仕合をして破門になったとは、運が悪かったな」

「ああ、運が悪かった。だが今日は喧嘩でいくから覚悟しやがれ」

「ああ、覚悟はしているよ。喧嘩など売らなければよかったと悔んでもいる」

「ふッ、剣術の先生なんて者は、型稽古ばかりで、生きるか死ぬかの境目に立ったことはねえからな」

「生きるか死ぬかの境目か……」

「さあ、始めようか。仲間は募ったものの、こっちは五人だ。武士の情けで、せめて大蔵と伊兵衛は外しておこうか」

「ほう、市之助。お前は口汚なく吠えているばかりだと思うたが、存外にやさしいところがあるではないか。だがな、喧嘩には決めごとなどない。皆まとめて相手をしてやるからかかってこい！」

忠太は、地に響き渡るほどの野太い声を発したかと思うと、右肩に担ぐように袋竹刀を構えて、市之助につつッと迫った。

市之助は、その間合に堪え切れずに、体を退いた。彼は、日頃からいかにすれば強くなれるか、そればかりを考えてきた。

すぐに喧嘩をしたのも、そこから学べる剣術の妙味があると思ったからだ。

それゆえ、型や組太刀だけで満足している連中など、容易く叩き伏せてやる自信を持っていた。

だが、忠太の身のこなしは、喧嘩のそれではなく、正しく武芸の足運びであった。

こういう攻めを崩すのは、一旦引いてふっと落ち着いたところを、気が違ったのかと思わせるほどの勢いで前進し、攻めに転ずる――。

それが市之助の喧嘩殺法なのだが、忠太の間合は容易に崩せない。

市之助の想いはたちまち他の四人にも伝わり、

――それならば、遠慮はせぬぞ。

市之助の劣勢を救わんとして、

「覚悟しやがれ！」

と叫んで、忠太の気をそらせてやろうと、四人で囲んだ。

忠太はニヤリと笑った。一声発して気をそらせ、間合を外してやろうと、咄嗟に思いつくのは、なかなか喧嘩馴れしているではないか。

こういう感覚は、剣術にとって大事であると、忠太は思っている。

――ふふふ、それならばこうだ。

忠太は、市之助との間合を詰めていたかと思うと、いきなり右にいる桂三郎に飛び込んで、彼の腹に突きを入れた。

桂三郎はこれを打ち払わんとしたが、僅かに手許が浮いたところを、下からすり上げられ、そのまま突きをくらった。

「うッ！」

息が止まるほどの痛みに、桂三郎は戦闘不能になってその場に蹲る。

その衝撃を目にした新右衛門は、その時忠太の背後にいた。

「おのれ！」

と、仲間が倒された恨みを袋竹刀に込めたが、忠太は振り返り様に、体を屈めて新右衛門の右小手をしたたかに打ち、そのまま右へ体をかわした。

新右衛門は、右手が痺れて袋竹刀を持てず、その場に屈んでしまった。

忠太は攻撃の手を休めず、鮮やかな手並に、呆然と立ち竦んでしまっている伊兵衛へ、

「それッ！」

と打ちかかり、彼の袋竹刀を叩き落すと、首筋を打ち据え、

「畜生……！」

と、打ち込んできた市之助の袋竹刀を打ち払い、目が醒めるほどの上下への連続打ちを仕掛けた。

「それそれッ！　面だ、小手だ、突きだ、胴だ！」

その攻めの凄じさに市之助は後退し、大蔵は助太刀せんとするのだが、忠太の袋竹刀の動きが激し過ぎて、容易に近寄れない。

忠太の剣は生きている。

どの状態からでも、どの方へも打ち分けられるのが、見た目にわかるのだ。

――これが剣術か。

市之助は、為す術もなく、打ち返そうとしたところを撥ね上げられ、胴を打たれてその場に倒れた。

大蔵は、その隙をついて打ちかかったが、袋竹刀は巻き落されて、喉元に忠太の袋竹刀を突きつけられたまま、道場の壁へ追い詰められた。

「大蔵、背中を向け」

忠太は穏やかに言った。

「な、何と……」

「いいから背中を向け。頭を割られたいか」

仕方なく大蔵が背を向けると、忠太は大蔵の尻をぴしゃりと打った。

「痛ぇッ……！」

大蔵は悲鳴をあげたが、骨の髄まで応える痛みではない。それゆえ声が出るのだ。

「お前はこれで許してやろう。四人の手当てをしてもらわねばならぬゆえにな」

忠太は、ふっと笑って、動けなくなっている四人を含めて、

「おい！　お前達、まだやるか！　やるならこれから稲を刈るようにして、お前らの横っ面をはたいて回るがどうだ！」

と、脅しつけた。

「うーん……」

五人は悔しそうに唸ったが、ただの一撃も与えられず、あっという間に倒されたのだ。

この敗北を認めざるをえない。

「悔しいが、参った……」

市之助はうなだれた。

桂三郎、新右衛門、大蔵、伊兵衛も、ふてくされて頭を垂れて、痛みに堪えた。

「参りましたと言え！」

忠太は一喝した。

「剣術でも喧嘩でも、おれはお前達より一日の長がある。先人を敬うのが真の男だ！」

忠太の鬼気迫る叱責に、五人は姿勢を正して、

「参りまして、ござりまする……」

素直に頭を下げた。

それが恥とも思わなかった。

「よし、それでよい」

忠太はたちまち相好を崩した。

「とにかく喧嘩は終った。お前達は、いくら剣術ができたとて、いざ斬り合いになれば、今の稽古では役に立たぬのではないか、そう思うているのであろう」

五人は神妙に頷いた。

「だが、おれはどうだ。小野派一刀流の剣術指南だが、袋竹刀でお前達五人相手に打ち合ってこの通りだ。とは申せ、斬り合うていれば、こうまでうまくはお前達を倒せ

なんだかもしれぬ。そこが剣術のおもしろいところだと、おれは思うているが、どうじゃ。そう思わぬか」

五人は、思わず顔を上げて忠太をまじまじと見た。

これだけ圧勝しておいて、斬り合っていれば、勝負はどう転ぶかわからなかったと言う忠太の言葉に、興をそそられたのだ。

「おれは、お前達にひどいことを言ったかもしれぬ。お前達をそれで怒らせたかもしれぬ。だが、そうでもせぬと、お前達にわかってもらえぬと思うたのだ。袋竹刀で打ち合うことの恐しさをな。お前達の勇気は大したものだ。喧嘩の度胸も勘も備っている。おれは、お前達のような骨のある若いのを育ててみたいとかねてから思うていた。どうだ、ここへ稽古をしに来ぬか。お前達はこのままでは、好きな剣術ができぬままに終ってしまうぞ。それは忍びないことだ。稽古に来い。そうすれば、今のおれくらいの芸当ができるようになるまでにしてやるぞ」

すべては、身をもって知るべきだと思い、わざと喧嘩を吹きかけて、今日の一件に及んだのだと力説されると、市之助達の体の痛みも和らいだ。

「まず、考えるがよい。今日はもう稽古にもなるまい。大蔵、皆の手当てをしてやれ、薬箱はその端にある。頼んだぞ」

忠太は五人の返事を待たずに、稽古場の奥へと立ち去ったのである。

十六

「さて、どうなるのでしょうねえ……」

中西忠蔵は、朝餉(あさげ)の飯をかき込みながら言った。

「うむ、あ奴らもこのままでは、逃げたままになるゆえに、ひとまずは道場に来るのではないかな」

その父・忠太も、干物と香の物で、飯を黙々と食べていたが、茶碗に茶を流しこみ、これをずッとすすりながら応えた。

中西家は、老僕の松造と三人で、朝から一膳飯屋の〝つたや〟で食事をすませる。

その間は、道場は放(ほ)ったらかしになるのだが、

「訪ねてくる門人もおらぬのだ。構わぬゆえ三人で食べよう」

忠太は、

「朝飯くらいは自分が仕度をしましょう」

という松造を制して、今日もまた、女将のお辰の手を煩わせているのだ。

昨日、忠太は安川市之助、新田桂三郎、若杉新右衛門、平井大蔵、今村伊兵衛の五

人を袋竹刀で一気に叩き伏せた。

その後、稽古に来るよう説いたものの、

「まず、考えるがよい……」

と、突き放した。

ああいう連中は、言葉よりも体でわからせる方がよいと、叩き伏せてから稽古に来るよう懇々と言い聞かせたが、あまり長々と誘うのも、値打ちがないように思われた。

するだけのことをしたのだから、この後は五人の勝手にすればよいのだ。

平井大蔵が、腫(は)れた尻をさすりつつ、仲間達の手当てを施した後、五人はぞろぞろと帰って行った。

松造はそれをそっと見届けた後、やがて小野道場の稽古から帰ってきた忠蔵に、

「旦那(だんな)様は、それは大したものでございました」

この男にしては珍しく興奮気味に、忠太の戦果を伝えたものだ。

元より忠蔵は、父の実力を誰よりもわかっているから、さのみ驚きはしなかったが、五人がそれなりに威儀を正して負けを認め、悪態もつかずに去っていったと聞いて、

「なるほど、それは大したものだ……」

忠蔵は、少し楽しくなってきた。

世間では暴れ者でも、忠蔵にとってはなかなかに気の合う連中であった。

「父上、首尾は上々でござりまするな」

忠蔵は、冷やかすように忠太に告げた。

そして今朝となって、何とはなしに落ち着かぬ様子の忠太に、朝餉の席であれこれ問いかけているのだ。

「まず、昨日は痛めつけてやったによって、来るとしても明日であろう」

忠太は、己が気持ちを落ち着かせるように、茶漬けをすすり続けたが、ふと思い立って箸を休め、

「忠蔵、申しておくが、お前は中西道場には関わらず、小野道場に学ぶのじゃぞ」

と、釘を刺した。

忠蔵は、やれやれという表情で、

「それでは行って参ります。馳走になりました……」

お辰に小腰を屈めると、浜町へと出かけた。

「いよいよ中西道場の幕開きですか?」

お辰は忠蔵を送り出すと、にこやかに忠太を見た。

「うむ、まあ、どうなることやら知らぬが、我が道場開きも近いかもしれぬな……」

忠蔵は、得意満面に店を出た。

それでも心の内は半信半疑であった。

自分の誠意は五人に伝わったとは思う。

しかし、若い時の大人への反発、権威への毛嫌いはなかなかのものがある。

五人の意見が、中西道場で新たな剣を磨く方向に流れれば一気に皆の気持ちも、そこへ向かうであろう。また一方では、

「あんなおやじとは二度と会いたくない……」

などという意見が出れば、流れは一気にそこへと傾くに違いない。

小野道場の有田十兵衛が言うように、小野派一刀流の遣い手として、知る人ぞ知る中西忠太である。

いくらでも門人は集まるであろうものを――。

忠太の熱血ぶりに、十兵衛はさぞや呆れ返ることであろう。

だが、荒馬を乗りこなして、名馬に仕上げんとする気力や物好きさが、近頃の剣客と呼ばれる者には明らかに不足している。

歌舞音曲の道に至るまで、常人でないからこそ味わいが出るのである。

今日は、雑念を払うために、一日中、稽古場へ出て、真剣を抜いての型稽古に時を

費やそうと、忠太は松造を率いて練塀小路の道場へ入った。

「な、何だお前達は……」

たちまち忠太は目を見開いた。

稽古場には、件の五人組がいて稽古場の床を拭いているではないか。

「何だとは何です」

「稽古しに来いと言ったのは先生でしょう」

「おれ達だって、稽古をする前に、掃除くらいすることはわかっていますよ」

「その辺にある用具を借りています」

「うちの物置小屋より、埃が溜っておりますよ……」

市之助、桂三郎、新右衛門、大蔵、伊兵衛が口々に言った。

人一倍、感激し易い忠太である。

たちまち声を詰らせて、

「よう参ったな……」

と、五人を見廻した。

五人は黙々と拭き掃除をしているが、それはすぐに忠太と向き合うのが照れくさくもあり、癪に障るからであろう。

「おれ達は、とにかく強くなりたいのですよ。強くなって、立合で先生を叩きのめしたいのでね」

市之助が、五人の総意を述べた。

「ああ、強くなっておれを打ち倒してくれ。それがおれの何よりの楽しみだ」

忠太はそう言うと、五人を稽古場に並ばせて、

「よし、これより小野派一刀流中西道場を開く！　安川市之助、新田桂三郎、若杉新右衛門、平井大蔵、今村伊兵衛、お前達五人と、おれは新たな剣術を切り拓いてみせるぞ！」

力強く宣言した。

その時であった。

「いや、門人は六人でございますぞ！」

稽古場の出入り口から、元気な声が響いた。

「忠蔵……、お前は……」

そこには忠太の息・忠蔵が立っていた。

「小野道場へ行けと申したであろう」

忠太は、苦い顔をしたが、

「これから参ります。父の道場開きに伴い、中西道場へ移りますと、お伝えするために……」

忠蔵は晴れやかに応えた。

市之助達五人の顔が、一様に綻んだ。

「う〜む……」

困った顔の忠太の前へ出て、忠蔵は座して威儀を正し、

「先生、どうぞよしなに願いまする」

恭しく座礼した。

「よしなに願いまする！」

五人の若き剣士がこれに続いた。

第二話　峻厳

一

「これは辛い……」

小野派一刀流剣術師範・中西忠太の息子である忠蔵でさえ、稽古場で音をあげた。

下谷練塀小路に新たに誕生した中西道場であったが、忠太が弟子達に課した稽古は、それほどまでに猛烈峻厳を極めた。

門人は、中西忠蔵、安川市之助、新田桂三郎、若杉新右衛門、平井大蔵、今村伊兵衛の六名。

その体を、忠太は徹底的に苛め抜いたのである。

まずは稽古場の拭き掃除から始まる。

雑巾を床に広げて手を突き、四つん這いで一気に駆ける。

壁は両手で弧を描くように拭く。

これらを念入りに続けると、なかなかに息があがる。

それからは、忠太が若き日に習い覚えた柔術を改良したいくつかの型を続ける。

それで体がほぐれると言うのだ。

その後は素振りとなる。

振るのは、日頃(ひごろ)使う木太刀、袋竹刀の倍はあるだろうという、素振り用の木太刀で行う。

これが千本。

そこで初めて型稽古が始まり、続いて組太刀となる。

念入りに組太刀の動きをなぞり、そこからそれを高速でする。

素早く動いてみると、決められた型もまた違ったものに思えて、少しばかり楽しさも生まれる。

しかし、それも延々と繰り返すと、体の疲ればかりが前に出て、次第に集中出来なくなってくる。

すると、誤まって木太刀で相手の体を打ってしまうことも何度となく出てくる。

疲れに体の痛みが加わる。

そこへ、追い討ちをかけるように、道場の稽古場の端から端までを、面、小手、胴、突き、これらの二段打ち、三段打ちで前へ前へと打ち込む。

いずれも忠太が見せる模範演武は、いささかの乱れもなく美しく、

「ならば、いざ……」

と、門人達も稽古に臨むのだが、これが上手くいかない。

延々と稽古場の床を踏みしめながらの打ち込み稽古が続くと、演武の美しさなど、どうでもよくなってくる。

師範の忠太の目にはどう映っているかわからぬ不安よりも、いつまでこの稽古が続くのかわからない不安が勝り、何も考えずにこの稽古をやり遂げるしか道はなくなってくる。

日頃はにこやかな忠太であるが、指南している間は、鬼の形相と化す。

五人掛かりでも、あっという間に打ち倒された門人達は、ただひたすらに忠太の稽古に堪え、服従した。

　唯一の救いは、だらだらといつまでも稽古を続けないことだが、余りにも中身の濃い稽古である。二刻（約四時間）もせぬうちにふらふらになり、

「よし！　今日はこれまでとしよう！」

一変して穏やかな表情となった忠太が終りを告げると、皆一様に肩で息をして声も

出なかった。

さらにそこから体をほぐすために、木太刀を大きく二百回振ってから、稽古場を出て着替えをすませる。

忠太は道場の奥に早々と入ってしまう。

これは、拵え場の六人が、

「おれ達を殺す気か……」

「中西忠太は鬼ではないか」

「ああ、もう体がもたぬ……」

などと、思うがままに悪態がつけるようにと気遣ってのことだ。

そういう息抜きがなければ、猛稽古には堪えられぬものだと忠太は思っている。

この日もまた拵え場では、若き剣士達の、強気、弱気、嘆き、恨み節が噴出していた。

師範の息子である忠蔵がいようが、お構いなしである。

というのも、この稽古に誰よりも戸惑っているのが忠蔵で、既に稽古初日に、

「親父があれほどの鬼だとは、長く傍にいながら気付かなかったよ……」

と、洩らしていた。

小野次郎右衛門道場で、師範代として教えている時は、いつも穏やかに門人達に注意を与え、指導しているだけの忠太であった。

忠蔵に対しては、袋竹刀での立合稽古をそっとつけてくれたが、その他は、型や組太刀について、己が意見を述べるに止(とど)まっていた。

行きつけの〝つたや〟で共に食事をとる時も、剣術についての熱い想(おも)いを語ってくれる、いささか洒脱(しゃだつ)な父親として受け止めていた。

それが、己が道場を開いた途端に、かくも恐ろしい剣術師範に変貌(へんぼう)するものか――。

「いや、正直言って、おれは驚いているよ」

忠太の稽古法に異を唱えるわけにもいかず、忠蔵はそう言って嘆いたものだ。

忠蔵は、安川市之助と同年の十八歳で、市之助が年長ゆえに、皆からは、

「市さん」

と呼ばれているのと同じく、新田桂三郎、若杉新右衛門、平井大蔵、今村伊兵衛からは、

「忠さん」

と呼ばれている。

この四人からは、

「忠さんは、先生から小野道場にいろと言われていたのに、おれ達に付合うから、こんな目に遭うのだよ」

口々にからかうように言われていた。

「と言ってみても、今さら小野道場に戻るわけにもいかぬ。ああ、まったく困ったものだが、厳しい稽古に負けたというのは口惜しい。親父は、まず若い者の性根はどのようなものか、試しているのに違いない。それまでは堪えてやろうじゃないか！」

忠蔵は、自分に言い聞かすようにして、相弟子達を鼓舞した。

「うーむ、忠蔵の言う通りだな。先生はまずおれ達を試しているのに違いない。その辺りにいる、恰好だけの奴らと一緒にされて堪るか」

市之助も忠蔵に同意して、中西忠太を鬼呼ばわりしながら、励ましあったのである。

しかし、十日経っても稽古法はまるで変わらなかった。

忠蔵も含めて門人達は、中西忠太の剣術指南には、実戦における強さを求めていた。

型や組太刀で得たものが、実際に相手と打ち合った時に、己が強さにすぐ反映される――。

何よりもそれを望んでいたというのに、やたら素振りと打ち込みなどに時を費やし、実践が伴わない。

これでは体作りをする以前に、体が壊れてしまう。

単調な稽古が続けば、やる気も萎えてくる。

先々どのような稽古に移り、どのようにすれば中西忠太のように、あっという間に袋竹刀で五人を相手に圧勝出来るような腕前に成れるのか、具体的に指し示してもらいたいものだ。

「稽古に来い。そうすれば、今のおれくらいの芸当ができるようになるまでにしてやるぞ」

忠太はそのように宣言して、中西道場での稽古を勧めたのではなかったか。

それならその約束を、そろそろ果してくれたとてよかろう――。

門人達はそのように思っていた。

特に市之助には、その想いが強いようだ。

少しでも早く強くなりたい気持ちは、忠蔵とて同じだ。

彼が父の言い付けを聞かずに中西道場に移ったのは、もちろん父が開く道場に息子の自分がおらねばなるまいという心情が働いたからだ。

しかし、忠蔵もまた市之助達と同じように、今の剣術稽古に倦んでいたのだ。

武士というものは、親や師に言われたことを黙々と続けていればよいのであろう。

それが美徳であるとされていた。

それでも、武士とて人それぞれの性分がある。

剣術修行専念を主家から許された中西忠太の許で育った忠蔵には、自由闊達の気風が身に付き、剣の修得には貪欲である。

市之助達も、浪人、貧乏御家人の三男坊、郷士、医者の次男、商家の次男となれば、宮仕えに縛られることもなく、ただ強くなりたい想いを素直に表現出来る。

「この道場ならば……！」

と、飛び込んだ中西道場は、明日にでもその極意を教授してくれなければならないのだ。

その想いは、忠蔵と市之助達に強い仲間意識を植え付けたとも言える。

「忠蔵、おぬしも辛いところであろうが、ここはひとつ、先生が何を考えているか、うまく真意を聞き出してはくれぬか」

市之助が稽古着を干しながら言った。

桂三郎も我が意を得たりと、

「うん、そうしてくれると助かる」

忠蔵に真っ直ぐな目を向けた。

新右衛門、大蔵、伊兵衛も大きく頷いた。

「わかった。今までも何度か水を向けてみたのだが、道場の稽古については何も応えてはくれぬのだ。今日は少し踏み込んで訊ねてみよう。このままでは身がもたぬ……」

そこは長く共に暮らした父親である。それとなく訊ねれば、それとなく応えてくれるであろう。

その応えを、そっと市之助達に伝えてやれば、皆の気持ちも落ち着くというものだ。

「まず、任せてくれ」

ぽんと胸を叩くと、体の節々がぎゅッと痛んだ。

二

その翌日。

安川市之助達は、身が入った足を引きずるようにして、中西道場の門を潜ったのだが、皆一様に表情は明るかった。

しっかり者の忠蔵が、今日は中西忠太のこの先の稽古についての何かを、そっと伝えてくれる、そう信じて疑わなかったからだ。

だが、そのにこやかな表情も、稽古場に足を踏み入れた途端に、ひきつったものに変わっていた。

稽古場の中央に忠蔵がいて、ふらふらになりながら、素振り用の木太刀を振っていたのである。

体中汗みずくで、悲愴な顔で素振りをしている様子を見れば、彼が稽古前の体慣らしに自主的にしているものでないのは、一目瞭然であった。

「忠さん……」

五人が、忠蔵の傍へ寄ろうとした時。

奥から師範の忠太が稽古場へ出てきて、

「忠蔵、今、何本だ？」

と、厳しい口調で問いかけた。

「二千八百二十です……」

応える忠蔵の声は震えていた。

「ふふふ、百ほどさばを読みおったな。あと、三百本だ！」

忠太はニヤリと笑って命じると、呆然としている市之助達五人を見て、

「こ奴め、おれがこの先どのような稽古をするものか、根掘り葉掘りと訊ねてきよっ

てな。それなら教えてやろう。お前は稽古前にまず素振りを三千本だ！　となったのだ」

低い声で言った。

五人は戦慄（せんりつ）した。

皆一様に、目でもって、

「すまぬ！」

と、忠蔵に謝まると、逃げるようにして拵え場へ入ったものだ。

彼らにとって、着替えの一瞬だけが、束の間（つかのま）の休息となったのは言うまでもない。

その日、忠太が、

「よし！　今日はこれまでとしよう！」

と、号令をかけた時、六人の門人達は折り重なるようにして、稽古場の床に倒れ込んだのであった。

——今日は、おれをいかにして呪（のろ）い殺すかの相談になろう。

忠太は、門人達を尻目（しりめ）にさっさと道場を出た。

この日は、小野道場に有田十兵衛を訪ねることになっていたのだ。

冬晴れの空は、いつも凛（りん）としていて、見上げると気が引き締まる。

――忠蔵、しっかりといたせよ。

忠太は、心の内で呼びかけていた。

六人の弟子達が、何を考えて、どんな話をしているかなど、手に取るようにわかる。

昨日、〝つたや〟で夕餉をとっている時に、忠蔵が熱く剣術を語りつつ、忠太を巧みにおだて、稽古がこの先どう動いていくのかを聞き出そうとしたのも見えすいたことであった。

しかし、忠蔵が他の五人と仲よく繋がっているのは頬笑ましい。

かくなる上は、忠蔵に罰を与え、見せしめにすればよかろう――。

連中の忠蔵への想いも強くなるであろうし、息子だからとて容赦はせぬという、師範としての意志表示にもなる。

少しばかりかわいそうではあるが、それくらいでへこたれる忠蔵でもあるまい。

浜町の河岸を歩きつつ、忠太は物思いに耽った。

いつか己が道場を開き、今までにない一刀流を創りあげんと考えていた。

小野派一刀流の出張所ではなく、そこでは中西道場独自の稽古法を編み出してみせる。

そのためには、まず己が想いを体現してくれる弟子を育てねばなるまい。

徒らに多くの弟子をとっては、なかなかその想いは伝わりにくい。数人の精鋭を鍛えあげ、その数人が核となって中西道場の幅を広げていくのが好ましかろう。

忠蔵に加えて、荒くれ達五人は上手に育てれば、正しくその核となるはずだ。

何よりも魅力は、強い利かぬ気がそれぞれに備っていることだ。

生半な技術よりも、厳しい稽古に負けぬ心意気が何より大事なのである。

剣士として生きていく上で、決して恵まれた場所にいなかった五人は、その怒りを望みに昇華することが出来るであろう。

しかし、荒くれ達は同時に制御出来ぬ怒りややり切れなさを、時にあらぬ方向に爆発させてしまいがちだ。

徹底して体を苛め抜く今の稽古には、忠太なりの意味がある。

それを素直に悟って、

「石の上にも三年だ」

と、黙って堪えるだけの根気が、果して続くであろうか。

忠太の心の内には、いつもその不安が引っかかっている。

何かというちに小野道場に着くと、待ち構えていたとばかりに、師範代の有田十

兵衛が、

「忠殿、おぬしはいったい何を考えているのだ！　あのようなろくでもない連中を集めて、道場開きもなかろう！」

開口一番、忠太を叱責（しっせき）したものだ。

十兵衛が小野道場を破門にした五人を、自分の道場で預かるのだ。

正式に門人となれば、十兵衛に断りを入れておかねばならないと思っていたわけだが、当然詰（なじ）られると覚悟はしていた。

「まず、そう怒るではない……」

忠太は苦笑いを浮かべながら、

「あの五人も、縁あって一度は小野派一刀流の門を潜ったのだ。おぬしが破門にしたのはいたしかたのないことではあるが、それを拾い上げて、おれが鍛え直す……、まず辻褄（つじつま）が合（お）うているとは思わぬか」

十兵衛を宥（なだ）めた。

「物も言いようだな……」

「おぬしは天下の小野道場の師範代なのだぞ。取るに足らぬ中西道場のすることに、目くじらを立てることもなかろう」

「よいか。おれはお前達父子(おやこ)のためを思うて申しているのだ。人に知られた中西忠太が、破落戸(ならずもの)を五人も抱えて道場を興し、先行きが大いに望まれる中西忠蔵までもが、小野道場からそれへ移るなど、正気の沙汰(さた)ではなかろう」

「おぬしの想いは真(まこと)にありがたい。さりながら、おれが小体(こてい)な小野道場を開いたとて、何のおもしろみもあるまい」

「おもしろい道場など要らぬ。ここに負けぬ立派な道場を、何故(なぜ)持とうとはせぬのだ」

有田十兵衛の小言はしばし続いた。

理屈が多く、四角四面なところが、昔から面倒な男である。

今も小野道場に大きな影響力を持つ十兵衛の兄弟子達が、

「中西忠太が、いよいよ己が道場を構えたか、どれ、祝いをいたさねばならぬの」

などと言い出して、練塀小路の様子を知れば、

「小野派一刀流の恥だ！」

などと怒るのではないか。そうなると、何かと矢面に立つのは有田十兵衛になろう。

彼は、忠太、忠蔵父子のためを思っていると言っているが、その辺りの面倒を読んでいるのであろう。

――それでも、我ら父子の力を認めてくれてはいる。真にありがたい男だ。

と、忠太は受け止めていて、

「十兵衛殿の申されることは、まったくその通りだ。だが、かつて小野先生はおれに、お前は新たな一刀流を生み出すがいいと仰せになられたのだ。今はそれが何かを見つけているところでござってな。まずお歴々には、中西は新たに道場を開いたとは言わず、相変わらず練塀小路の稽古場で、方々から人を集めて、新たな術を生まんとしている……。などと十兵衛殿の方で上手く取次いでくださらぬかな」

などと言って手を合わせた。

「忠殿には敵わぬ……」

これには有田十兵衛も呆れてしまった。

「何とぞよしなに……」

忠太はいつもの調子で、そそくさと立ち去ろうとした。

今日は、小野家の当主である、次郎右衛門忠喜がいるらしい。

彼を取り巻く師範代連中と共に、まず当り障りのない挨拶ごとをすませて帰ればよい。

「御免……！」

威儀を正した忠太に、

「忠殿……」

十兵衛は、ふと何かを思いついたか、

「おぬし、昔の罪滅ぼしを、あの五人で果そうと思うているのではなかろうな」

しかつめらしい顔をして言った。

「もしそうであれば、大きな間違いだぞ」

忠太の表情は、その言葉を受けて、たちまち引き締まった。

「その気遣いは、真に忝(かたじけな)いが、どうぞ御無用に……」

彼は、じっと十兵衛を見つめて、その目に謝意を込めた。

十兵衛は、忠太の表情を読んで、

「それならばよいが、おぬしは妙なところで考え込む癖があるゆえにな」

ふっと笑った。

小野道場で、共に修練を積んだ中西忠太と有田十兵衛である。

人には思いもよらぬような出来事に遭遇しながら歳月を重ねていた。

その思い出を共有するゆえに、生まれる不安や心配もあるのだ。

どうやら中西忠太には、この道場において、忘れられぬ衝撃を伴った思い出があるらしい。

「妙なところで考え込む癖か……」

忠太は、いささか張り詰めたその場の空気を和らげるように、

「十兵衛殿の言う通りだな。人の性質はなかなか直らぬものだ。ははは、そこは妙な男だと勘弁願いたい」

十兵衛の何倍もの笑顔を浮かべてみせたのであった。

三

その夕。

中西忠太は、老僕の松造を連れて〝つたや〟で夕餉をとった。

忠蔵とて、見せしめに三千本素振りを朝から課されたのだ。

父と仲よく夕餉をとるのも煩(わずらわ)しかろう。

「これから浜町へ出かけるゆえ、好きな時に、何でも好きな物を食え……」

その趣旨を松造を通じて伝えておいたのである。

店に入ると、こちらでも女将(おかみ)のお辰が待ち構えていて、

「今さっき、若先生は山盛りのご飯を二膳(ぜん)ぺろりと食べて、帰ってから一杯やるから

酒をくれと言って、徳利を持ってお屋敷に戻られましたよ。珍しいじゃあ、ありませんか。いったい何があったんですよう」

と、少し詰るように言った。

「ふふふ、左様か。奴は何も言わなんだか」

忠太は、からからと笑ったが、息子への情が沸々と湧きあがってきた。

市之助達五人は、道場を出て帰路につく間、仲間達と共に、鬼師範への文句を言い募って明日への糧と出来よう。

しかし、住まいと稽古場が隣接している忠蔵にはそれがない。

また、息子であるがゆえに、見せしめにされた忠蔵に、五人は気遣うであろうから、忠蔵としては、五人の束の間の安らぎの邪魔をしたくない。

それゆえ彼は寂しい想いをしているに違いないのだ。

せめてもの父への抵抗が、〃つたや〃で酒を頼んで、自室でそれをかっくらって寝ることなのであろう。

「中西道場の門人となった上は、おれはお前を内弟子として扱うが、飯は〃つたや〃に、身の廻りのことは松造に任せておけばよい。お前は稽古場廻りを、五人の頭となってしっかりと治めよ」

それゆえ、飯は食べたい時、食べられる時を選んで勝手に食えばよいし、次の日の稽古に備えて、早く寝てしまえばよいと告げていた。

稽古場を燭台（しょくだい）の明かりに照らしてみると、掃除はきれいに行き届いていた。

体中が痛む中で、稽古場の掃除を怠らずに帰ったかと思うと、

——まずは、よくやった。あの五人にしては上出来だ。

母屋へ入ると、大きな寝息が聞こえてきた。

「くそ……、くそ……、いつか負かしてやる……！」

寝息の合間には、こんな寝言が交じる。

忠蔵がこれほどまでに正体をなくして寝入っているのを初めて見た気がする。

小野道場にいろと言ったが、あの五人のお蔭（かげ）で、忠蔵を鍛え抜くことが出来そうだ。

それでも、あの五人とて、忠蔵以上に疲れているだろう。

家へ戻ってから、家人に稽古の辛さを訴えているかもしれない。

——果して明日は五人共、来るであろうか。

その不安は拭（ぬぐ）えなかった。

有田十兵衛は五人を、〝破落戸〟と斬（き）り捨てるが、忠太はその〝破落戸〟が、それぞれ剣士としてものになれば、

——剣を志す者に幅が生まれて、剣術に厚みが増すはずだ。

と考えている。

中西忠太ほどの剣客となれば、入門者は跡を絶たぬはずだと世間は思うかもしれぬが、今の彼にはあの五人の若者が大事なのだ。

彼らがいささかやさぐれているのは、若いゆえの活気が溢れてそれに火が付いただけであり、大事なのは彼らを本物の破落戸にしないことだ。

そのためには、まず五人が明日も不平不満を浮かべつつ、練塀小路に来なければならないのだ。

——妙なところで考え込む癖……か。

正しく今がそうだと、苦笑いを浮かべて、忠太もまた寝酒を食らって、その日は就寝したのである。

そして、彼の不安は夜明けと共に吹き飛んだ。

忠蔵は、早くから稽古場に出て体慣らしをしていた。

昨日の猛稽古で体が痛むので、まず自分で手入れをしたくなったようだ。

「飯はどうする？」

忠太が、ぎこちなく声をかけると、

「もう、すましました」

忠蔵は、澄まし顔で応えた。

傍らで、松造がにこやかに控えていた。

昨日のうちに〝つたや〟で握り飯を拵えてもらい、これを朝になって火鉢で炙り、少しばかり味噌を塗りつけたそうな。

もっとも、そうしているところを松造が見つけ、彼が実によい具合に、こんがりと焼き上げたらしい。

「うむ、いかにも美味そうだ。おれも明日からそうしよう」

忠太は、そう言い置いて〝つたや〟に出かけた。

店は本来朝から開けていないのだが、お辰の朝餉に便乗する形で特別に食べさせてもらっているのである。

「お辰、そなたは忠蔵に徳利の酒を渡したと言ったが、握り飯のことは聞いておらなんだぞ」

まずそう言って、焼きおにぎりについて話したが、

「そんな手間のかかったことをするなら、朝だけは松造さんに炊いてもらったらどうなんです？」

お辰は怪訝(けげん)な顔で言った。

「わたしもそれがよろしいかと……」

松造が遠慮がちに口を挟んだ。

「うむ？ それもそうだな。朝からここへ通うのも面倒だと、実は思うていたところだったのだ」

忠太は何度も頷いてカラカラと笑うと、お辰が用意してくれた熱い飯、豆腐の味噌汁、鰯(いわし)の丸干し、香の物でさっと朝飯をすませ、

「ということで、お辰、またよろしく頼む！」

小半刻(こはんとき)（約三十分）もせぬうちに道場に戻った。

「何を笑ってやがんだ……」

お辰は一人、店で毒づいた。

「朝からここへ通うのも面倒だと、実は思っていたところだった？ お前が〝頼むから店を開けてくれ〟と言ったんだろうが。そもそも朝くらい手前(てめえ)の家で食いやがれってんだ……」

何よりも腹が立つのは、大声で熱く物を言われると、ついどんな頼みごとでもあっさり聞き入れてしまうことである。

そもそもは茶屋であったこの店が、一膳飯屋になってしまったのも、あの男のせいなのだ。

人の生き方まで変えてしまうのだから堪ったものではない。

「まあでも、あの調子だと、どんな酷い目に遭わされたって、お弟子達もつい練塀小路に足を運んでしまうのだろうねえ」

腹を立てつつ、お辰はにこりとしてしまう。

別段、何を詳しく聞いたわけではないのだが、忠太、忠蔵父子と毎日のように顔を合わせていると、何とはなしに中西道場の様子がわかってくる。

今は、荒馬のような弟子達がいて、いかに仕込んで、自らが手綱を捌き、名馬にしていくか。忠太はそれにいささか悩んでいるように見てとれる。

だが、悩むのは弟子達の方であろう。

足腰が立たぬほどの稽古をさせられ、それでも忠太の術中にはまって、弟子達は道場に足を運んでしまうのだ。

それを考えると、何やらおかしくなってくるのである。

四

〝つたや〟のお辰の予想は、ぴたりと当っていた。

中西忠太が道場に戻ると、既に安川市之助、新田桂三郎、若杉新右衛門、平井大蔵、今村伊兵衛の五人は稽古場にいて、忠蔵と一緒に体をほぐしていた。

五人は、忠太の姿を見ると恭しく挨拶をしたが、いずれもその目は笑っていなかった。

そうして、忠蔵が主導して、六人で一斉にいつもの掃除が始まったが、さすがに皆、動きがぎこちなかった。

昨日の猛稽古は、すべてにおいて日頃の五割増しの分量であったから、へたってしまうのは当然である。

しかし連中は、余計なことを忠蔵に頼んだゆえに、誰よりも忠蔵が酷い目に遭ったのをまのあたりにして、それへの申し訳なさに、発奮したようだ。

「ようしッ！」

「はあッ！」

などと、体の痛みをまぎらさんとして大きな声をあげ、

「おれ達を痛めつけたければ、どうにでもするがよい。意地でも弱音を吐いてやらぬからな……」

そんな想いをぶつけるかのような勢いであった。

──ふふふ、ふてぶてしい小童共が。

忠太は嬉しくなってきた。

今日の稽古は既に決めてあった。

張りつめてばかりいると、糸は切れてしまう。

「よし！　掃除はそのあたりでよい。続けて木太刀を大きくゆっくりと二百本振る。よし、始め！」

大きくゆっくり二百本とは、どんな意味があるのか、その二百本がすんだら、今度はいったい何が待ち受けているか──。

そこに不安を抱えつつ、いや、何がこようが構わないと、六人は開き直って、ゆったりと木太刀を振った。

二百本など、彼らにとってはあっという間にすんでしまう。

「よし、ならば組太刀と参ろう。おれが打太刀を務めるゆえ、順番に仕太刀を務めよ」

忠太はそう言うと、ひとつひとつの型を、門人達相手に始めた。

打太刀と仕太刀では、打太刀の技をしのいで、仕太刀が勝利するように作られている。

となると、忠太が仕掛ける技を見切って、己が技を繰り出す。始めた時から、その流れはわかっているのだが、木太刀で忠太と対峙すると、決まりきった技でも恐怖が湧く。

皆、懸命にかかったが、忠太が元立ちとなり一人一人受けるので、その間は十分に体を休められる。

それゆえ、組太刀に集中出来たのであるが、忠太は五本目まで受けた後、

「よし、このまま百本素振りをして、今日は終りとしよう」

静かに言った。

六人の弟子達の顔に、たちまち安堵が浮かんだ。

「時には体を休めねば、かえって体を壊してしまう。それくらいは鬼の師範も心得ているのだ」

忠太は、初めて笑顔を見せた。

「だがひとつ言っておくが、お前達はまだ体ができあがっておらぬゆえ、今はどんな

試練にでも堪えられるように、鍛えるのが大事なのだ。ゆめゆめ焦るでないぞ」

そして百本の素振りが終ると、忠太はすぐに稽古場の奥へと姿を消したのである。

市之助達、通いの五人は、

「先生も、やり過ぎたと思ったのだろうな」

「まず無事にすんでよかったぞ」

「だが、あの組太刀……。木太刀で打ち殺されるかと思ったぞ」

そんな言葉を交わしたものだが、

「おい、先生の気が変わらぬうちに、道場を出た方がよいな」

と、話はまとまり、汗を拭く間も惜しんで帰り支度をすませると、

「忠さん、何も起こらぬことを祈っているよ」

平井大蔵が、尚(なお)もこの道場におらねばならぬ忠蔵に気遣いの言葉をかけると、五人は逃げるように道場を出たのだ。

すると、間一髪のところで忠太が拵え場にやって来て、

「何だ、連中はもう出たのか、逃げ足の速い奴らだな」

放心したように、その場に寝そべっている忠蔵に明るく話しかけた。

「まだ何か稽古の続きが……」

　忠蔵はとび起きて、姿勢を正した。

「いや、そうではない。今日はどうせ、五人は帰りにどこかに寄り道をするはずだ。お前はなかなかその輪に入り辛かろうが、今日は構わぬゆえ、これを持って皆をどこかに連れていってやるがよい」

　意外や忠太は、忠蔵に小遣い銭を渡しに来たのであった。

　叱(しか)り切れぬ、怒り切れぬ、鬼になり切れぬのが中西忠太である。

　しかし、その本質には修羅場を潜ってきた剣客の恐しい凄(すご)みがあることを、忠蔵は元服してからわかっていた。

「忝うございます……」

　忠蔵は、小遣いを押し戴(いただ)くと、

「では、行って参ります」

　にこりと笑った。

「忠蔵……」

「はい」

「どうだ。おれが予々(かねがね)言っていたように、小野道場に残るべきであっただろう」

「ははは、確かに。親の言うことは、きっちりと聞くべきでござりまするな」

「こ奴め、ぬかしよるわ」

父子の間にわだかまりなどない。

忠太と忠蔵はそれを確かめ合っていた。

ただ、多少の反発はないと、男同士はおもしろくないものだ。

「行って参ります！」

忠蔵もまた、相弟子達と同じく、逃げるように道場の外へと出たのである。

五

安川市之助達五人は、その時、和泉橋にさしかかったところにいた。

中西忠太が見た通り、存外に楽にあっさりと稽古がすんだことの安堵が、ゆっくりと五人の中で言いしれぬ興奮に変わっていて、

「どこかで、何か食うか……」

誰が言い出したでもなく、その意見に全員が傾いていた。

「忠さんも、呼んであげたいなあ……」

今村伊兵衛が、ぽつりと言った。

商家の息子で不自由なく育った十五歳は、甘えん坊で人懐っこく、若旦那（わかだんな）特有のや

さしさを持ち合わせている。

「確かに呼んであげたいが、またいらぬことをして、辛い想いをさせてもなるまい」

若杉新右衛門が窘めるように言った。

感情の起伏が激しい新右衛門だが、このところは考え込むことが多い。

五人のうちで彼だけが、親に小野道場から中西道場に移ったことを報せていなかった。

故郷の親からは、今のところ何も便りがないので、そのままにしてあるからだが、後日あれこれの不行跡が露見して、叱責されるのを心の奥底で恐れていたのである。

「その前に、確かめたいことがあるんだ」

平井大蔵が、新右衛門の微妙な心境などまるでお構いなしに、少し思いつめたような声音で言った。

「確かめたいこと？」

市之助が怪訝な表情を浮かべた。

「ああ、誰か、おれの草履をはいていないか？」

「何だと？」

「いや、慌てて道場を出たのはよいが、おれの草履が見つからなくて……」

他の四人は、失笑した。

大蔵は日頃から、持ち物をどこかへやって見つからなくなることが多いのだ。やれやれと己が草履を確かめたが、皆、自分の草履である。

「確かめたいというのはそんなことか」

と、市之助。

「そもそもお前の大きな草履を、間違えてはくわけがなかろう」

と、桂三郎。

「そんなら大さんは、今、誰の草履をはいているんだい?」

伊兵衛が訊ねた。

「いや、それが、よくわからないのだよ……」

「馬鹿野郎。お前はやはり医者にならぬ方がよいな。薬をとり違えられたら、堪ったものじゃあないぜ」

しかめっ面の新右衛門に詰られて、大蔵は神妙に頷いた。足の大きさに合わぬ草履をはいている大蔵の踵(かかと)は、今にも地面につきそうだ。

その様子を見ていると、何やらおかしくて仕方がなく、

「何だそれは、鼻緒(はなお)がぎゅうぎゅう言ってるぜ」

屈託もどこかへとんでしまった新右衛門のこの一言が止めとなって、五人はどっと笑い声をあげた。

「ふざけるなよ大蔵、笑うとあちこちの身が入って痛えだろうが……」

市之助が言うように、昨日の稽古の痛みはまだ体中に残っていて、五人は体のあちこちを押さえながら笑い転げた。

するといつしか、

「おい、そんなところでうろうろしていたら邪魔だ」

「どこか隅に寄っていろ」

「目障りなんだよ」

口々に罵声を浴びせてくる連中が傍らにいて、五人を睨みつけていた。

この連中もまた、この辺りの武家屋敷街にある剣術道場に通っている剣士達のようだ。

手に木太刀を提げ、藍染めの綿袴に筒袖の小袖を着ている。歳は二十歳になるやならず。七人で列を成していた。

「何だとこの野郎……！」

こんな時、興奮してまず大声を出すのが、新右衛門である。

「天下の往来で、あれこれと文句を言われる覚えはねえや」

市之助が七人を見廻した。

「ふん、威勢だけはいいようだな」

七人の頭目らしき大柄の若者が、嘲笑うように言った。

「毎日毎日、体を引きずって、泣き言ばかりほざく阿呆が」

七人は、どっと笑った。

このところ、市之助達が猛稽古に悲鳴をあげつつ、和泉橋を行き来する姿を、この連中は何度も見ていたようだ。

「阿呆……、とぬかしたな……?」

桂三郎が静かに言った。

「ああ、見たところ、どこぞの道場で剣術を習うているようだが、お前達はどう見ても、阿呆にしか見えぬわ。ははは……」

大柄の頭目らしき若者はまた嘲笑ったが、揺すった腹に、いきなり桂三郎の拳が突き入れられていた。

口よりも先に手が出るのが桂三郎である。

体は痛んでいたが、稽古の最中は忘れている。彼にとっては、今が〝忘れる時〟なのだ。

　この七人は絡む相手を間違えたようだ。

　頭目は、まさかいきなり喧嘩で応えるとは思ってもみなかったのであろう。不意を衝かれた上に、桂三郎がこんな素早い動きと、強い力を持ち合わせていることに呆然とした。

「阿呆は、お前だ！」

　桂三郎は、相手が前のめりになったところを、下から蹴りあげた。

「お、おのれ……！」

　七人組も、負けてはいられなかった。

　横合から桂三郎に一人が組みついて、その場に倒した。

　だが、そ奴は上から市之助に踏みつけられ、下から桂三郎にはね飛ばされた。

　そこからは乱闘となった。

　大蔵は小さな草履を脱ぎ捨てると、市之助と桂三郎に殴りかかる二人に体当りをくらわして吹きとばした。

　新右衛門と伊兵衛も、

「お前らに負けて堪るかよ！　負けて堪るか！」

「喧嘩じゃあ負けねえぞ！」

これに参戦し、暴れ回った。

相手は七人である。

数としては劣勢の五人であるが、まったくそれを苦にせず互角に戦った。

相手が二人がかりでくるところへは、大蔵が上手く機を捉えて、突進してはね飛ばし、連係よろしく次々と叩き伏せたのだ。

「お、おのれ、やりやがったな！」

相手の頭目は、怒りに我を忘れて、よろよろと立ち上がると、落ちている木太刀で大蔵の背中を打った。

木太刀によって、不意打ちにされた大蔵は、

「うッ！」

息が出来ずに、その場に屈み込んだ。

「手前、得物でくるなら相手をしてやるぜ！」

市之助を始め、桂三郎、新右衛門、伊兵衛が己々自分の木太刀に手をかけた。

その恐怖に、残る相手の六人も木太刀を求めた。

こうなると、木太刀での果し合いとなる。下手をすれば死人も出よう。

「何をしやがる！」

　そこへ駆けつけたのが忠蔵であった。

　状況を察した忠蔵は、木太刀を振り回す頭目の懐へ入り、脱いだ草履を両手に持って、

「食らえ！」

　とばかりに両頰を張った。

　実に好い音がしたかと思うと、大柄の頭目は、その場に伸びてしまった。

　この新手の登場と、頭目の敗北は、残る六人の戦意をたちまち喪失させた。

「お前達、木太刀で打ち合うというなら相手になってやるが、どうなっても知らねえぞ」

　そして、珍しく伝法な口調で、忠蔵は凄んでみせた。

「わ、わかった……」

　木太刀を振り回す大男を、草履で粉砕した忠蔵の手並に慄いた連中は、倒れた頭目を背で担いで、あたふたと立ち去った。

「おととい来やがれ！　ふざけるな馬鹿野郎！」

　雄叫びをあげる新右衛門の横で、

「忠蔵、来てくれたのかい？」

市之助がニヤリと笑った。

「ああ、皆と何か食ってこいと言われてな」

忠蔵は財布を掲げてみせた。

「そいつは豪儀だ！」

新右衛門がまたも雄叫びをあげたが、気が付くと辺りに人だかりが出来ていた。

「早くずらかろうぜ」

桂三郎は皆に声をかけて、

「大蔵、大丈夫か？」

屈み込んでいた大蔵を抱え起こした。

「痛て……、いや、これくらいどうってことはないさ。忠さん、助かったよ……」

大蔵はすぐに笑顔を見せたが、忠蔵が両手に持った草履を見て、

「あッ、それはおれの草履だ……」

と、舌を出した。

六

「何だか、どでかい草履だと思ったよ」

「いや、すまなかった。慌てていたから、忠さんのをはいちまったんだな」

忠蔵に手を合わす大蔵を見て、大笑いしながら、

「忠さん、鼻緒は切れてないかい……」

新右衛門が言った。

「ああ、切れてないが、伸びてしまって、おれの足に合わなくなった気がするよ……」

忠蔵が嘆いたのを見て、中西道場の門人達は、カラカラと笑い出した。

忠蔵が忠太から預かった小遣い銭で、六人はひとまず和泉橋の袂を逃れて、両国広小路の田楽豆腐の辻売りで、串にかぶりつきながら燗酒で体を温めていた。

猛稽古で体の節々が痛く、怪我人のようにぎこちない動きでいた六人であるが、喧嘩となれば体の痛みも忘れて大暴れ出来たことに、興奮を覚えていた。

このところは抑圧された暮らしを送っていただけに、あの七人組をぶちのめしてやったことは、実に痛快であった。

いくら体の節々が痛もうが、いざとなればその痛みを忘れられるというのも新しい発見であった。

おまけに、今日は五人の仲間に忠蔵が加わり、圧倒的な強さを見せられたのである。

鬼の中西忠太も、

「時には体を休めねば、かえって体を壊してしまう……」

と言って、早々と稽古を切り上げてくれた上に、忠蔵に小遣い銭を渡し、何か食べてこいとまで言ってくれた。

先行きに希望も生まれたというものだ。

しかし、意気あがる六人も、腹に物が入り、心地よかった酒の酔いが、冬の烈風によってかき消されると、再び不安が募ってきた。

せっかく道場の規律が出来上がりつつあるのに、その一方で町場で喧嘩をするとは怪しからぬ――。

この一件を知れば、忠太は激怒するかもしれない。

やっと光明が見え始めたという時に、喧嘩をしてしまったのだ。いきなり相手を殴った桂三郎は、

「おれはどうしてこう、堪え性がないのだろうなあ……」

ふっと反省の言葉を口にしたが、

「いや、阿呆呼ばわりされたのだろ。武士がそんな辱めを受けて、黙っていられるものか」

忠蔵がすかさず声をかけた。

「そうだ、黙っていられるか」

市之助が怒りを込めた。

「桂三郎が手を出していなければ、おれがやっていた、気にすることはない」

六人は頷き合った。

それでも市之助は、田楽の串を投げ捨てると、少しばかり頭を捻ってから、

「だが、先生の耳に入ると、どう転ぶかはわからねえな。忠蔵、どうすれば好い？

ここはお前の言う通りにしよう」

一同を見廻した。

他の者達にも異存はなかった。

こういう時は、誰よりも忠蔵が割を食うのだ。

何迷うことなく、駆けつけるや否や加勢した忠蔵に預けるのが、彼への友情だと思ったのである。

「そう言われると何やら辛いが……」

　忠蔵は、皆の想いが嬉しくて頭を掻いたが、

「おれは、何も悪いことをしていないと思っている。だが、最前の奴らはどこかの道場の門弟に違いない。そのうちに、中西道場に怒鳴り込んでくるかもしれぬから、まず今日のことは、先生に伝えておいた方が好いのではないかな」

　きっぱりと自分の意見を述べた。

「うむ、忠さんの言う通りだな」

　桂三郎が頷いた。

「まったくだ。おれ達は何も間違ってないのだ。奴らの非を訴えるべきだ！」

　新右衛門が大声で同意した。

「よし、そんなら、これから一旦道場へ戻って、この田楽の礼を言うとするか。こんなことは早いとこすましておくに限る」

　市之助は、ヨイショと立ち上がった。

　喧嘩がすむと、また体の節々が痛みだした。

「これから……、皆でかい？」

　忠蔵が小首を傾げた。

「皆で喧嘩をしたんだからな。忠蔵に言付けるわけにもいかぬだろ」

「そいつはありがたい。うちの親父は、そういうのに弱い人だ。かえって稽古に手心を加えてくれるかもしれぬ」

忠蔵は笑った。

「なるほど、そうだな……」

大蔵もヨイショと立ち上がり、

「稽古が楽になるなら、おれは何だってするぜ」

言葉に力を込めた。

それから六人はまたヨイショ、ヨイショと体を引きずるようにして、練塀小路に戻った。

さて、忠太はというと、

「何だと？　またしでかしたのか？」

田楽と酒の礼を言われた後、ことの次第を正直に打ち明けられると、眉(まゆ)をひそめたものの、

「だが、お前達は間違ってはいない」

忠蔵の予想通り、しかつめらしく頷いた。

「喧嘩を売ってきたのは向こうの方だし、お前達は素手で渡り合ったのに、木太刀を振り回すとは怪しからぬ奴らだ。とはいえ、先に手を出したのはこっちだ。そこのところは、詫びねばならぬ……」

そして、相手がどこの門弟達かを調べて、自分が話をつけておこう、任せておけと胸を叩くと、

「喧嘩の罰として、素振りを三千本……と言いたいところだが、まあ、喧嘩で体も痛んでいよう、少し癒さねばならぬな」

大きな溜息をついた。

六人は殊勝な顔で俯いていたが、

——何とわかりやすい男であろう。

皆一様に、込みあげる笑いを堪えたものである。

「だが、ひとつ言っておくぞ」

しかし、その後に、ジロリと六人を見廻す眼光は、体中に突き刺さるほどに鋭く、厳しかった。

——わかりやすくもあり、恐ろしくもある。ややこしいおやじだ。

弟子達が考えを新たにすると、

「お前達は、もう既に強いのだ。その辺りの道場の門人などに勝っても、何の自慢にもならぬのだ」

忠太は熱く諭し始めた。

「お前達は、今、体の節々が痛んでいるだろうが、それは、少々のことではへこたれぬだけの力が、体に付いてきたという証（あかし）なのだ。どうだ、喧嘩をしている間は、体が勝手に動いたであろう。相手はすぐに息が切れるが、お前達の勢いはますます盛んであったはずだ。この道場に来てから、さほど時は経っておらぬ。だが、お前達は明らかに強うなっておる。それゆえ、弱い者など相手にするな。よいな」

七

翌日になって。

中西忠太は、道場へやって来た弟子達に、

「今は、これを読んでいよ」

と、〝史記（しき）〟を配布して、松造を伴い道場を出た。

昨日のうちに、忠蔵達六人が喧嘩をした相手がどこの門人かわかり、そこへ挨拶に出向いたのである。

その辺りのことは、松造が調べた。

中西道場の発足に伴って、自分の出番が増えてきていることに、このところ松造は、生き甲斐を覚えているようだ。

件の七人組は、何かあるとあのように、若い者達に喧嘩を売ったり、からかったりしているのであろう。

となれば、神田から柳原周辺で、時に小さな騒ぎを起こしているのではないだろうか。

それを頭に方々当ってみると、

「そいつはきっと、佐久間町の道場に通う七人じゃあねえですかねえ……」

そんな声がいくつか重なった。

佐久間町の道場というのは、宮田睦之助という東軍流剣術指南が開く稽古場である。

松造は、早速朝から道場を張っていると、顔に殴られたような跡が残る七人組が、

「よいな、昨日の喧嘩のことについては、うまく言い繕うのだぞ。何か訊かれたら、町で喧嘩を止めに入って、少々巻き込まれたと、応えておくのだ」

などと、ひそひそ話すのを聞いたのだ。

「それにしてもあの野郎、草履でおれの顔を殴りやがって」

大柄の一人は、腫らした頬に濡れ手拭いを当てながら憤っていたという。

松造はすぐにそれを忠太に報せ、忠太は早速佐久間町へ向かったのである。

話はすぐにすんだ。

宮田睦之助は、いかにも人のよさそうな四十絡みの剣客で、中西忠太のおとないを知ると、

「これはまた、わざわざのお運び、恐悦にござりまする」

実に恭しく迎えた。

互いに面識はないが、小野派一刀流にあって、高弟と謳われた忠太の剣名については、

「予々お噂は伺うておりまして、一度、御高説など賜りたいと思うておりました」

で、あったそうな。

忠太は、ほっと胸を撫でおろし、

「いやいや、今日はちょっとしたお詫びに参りましてな」

手土産の干菓子を渡しつつ、喧嘩の一件について、事情を説明した。その際〝阿呆呼ばわり〟されたとは言わずに、

「ちょっとした行き違いから、喧嘩になってしもうたとのことにて……」

若い頃にはよくあることではあるし、大怪我をした者もなくて幸いであったが、

「何か言われて初めに手を出したのは、我が門人であったようにて、これは詫びねばならぬと存じまして」

そのように告げると、睦之助も日頃からの心当りがあったようで、件の七人を睨みつけると、

「とんでもないことでござりまする。手が出たのには、手が出ただけの子細があったはず、それを問い質した上で、改めてわたくし共の方からも詫びねばなりますまい」

大いに恐縮した。

「ああ、いやいや、先ほども申し上げたように、若い頃にはよくあることにござりましょう。まず、こ度のことは大目に見てやってくだされ」

忠太は、それらしき七人に目を遣ると、

「まずそなた達も、真っ直ぐに剣の道を進んでくれ。楽しみにしている」

一人悦に入った。そしてもてなそうとする睦之助が呼び止めるのも固辞して、練塀小路へと戻ったのである。

いつしか中西忠太の剣名は、自分では思いもかけぬほどに大きく知れ渡っていた。

それに気をよくしたわけではないが、このような時は、話が早くすむのでありがたい。

己が道場を持つことの難しさを痛感していただけに、忠太はほっと息をついていた。戻ってみると、稽古場で六人は書見に励んでいたが、どうも今ひとつ進んでいなかった。

皆一様に、師範・忠太の機嫌が気になるところなのであろう。

どうせ、忠太のいない間は、忠太が昨日の喧嘩の一件を、稽古にいかに反映させるかについて、忠蔵を中心にしてあれこれ予測をしていたに違いない。

忠太の観測は当っていた。

道場の門に代わる代わる見張りに立って、弟子達は忠太の帰りを待つ間、希望的な今後の展開を夢見ていたのである。

徹底した体作りのための猛稽古に、辟易(へきえき)していた六人であった。

時に忠蔵は、忠太から袋竹刀での立合稽古をつけてもらっていたが、それについては、中西家の秘伝として、他の五人には話さなかった。

皆がそれを強く望めば、忠太が考えている稽古の組立が狂うかもしれないと思ったからだ。

今までは、父子の情で小野道場にない稽古をつけてもらっていたが、自分もまた中西道場の門人になったからには、一から忠太に習うつもりであった。

それゆえ、忠蔵自身がその峻厳たる稽古に戸惑っていたのだが、昨日の喧嘩が思わぬ形で六人に、稽古の意味をわからせたのである。

とにかくすぐにでも強くなりたい。

型や組太刀が上手というだけの剣士では物足らない。

いついかなる時でも、袋竹刀であれ、木太刀であれ、真剣であれ、立合が出来る剣士でありたい。

たとえば賊に襲われた時、剣術を学ぶ者がこれに立ち向かえないでどうする。

賊が型通りにかかってくるはずはない。

ならばすぐにでも実戦で役立つ剣を学びたい。その気持ちは彼らにとって変わらぬ望みである。

それが、昨日の喧嘩で自分達の強さが明らかとなった。ただ辛いだけの稽古ではなかったのだ。

こうなると次の稽古が待ち遠しくなるというものだ。忠太は休息を与えることも忘れてはいない。

自分達にとってありがたい師範だと、六人全員が思い始めている。

ただ、彼らの師範は、熱い男であるが、摑(つか)みどころがない。喧嘩したことに理解を示しつつ、それはそれ、これはこれだと、罰則も忘れていないのではないか、そこが気になった。

「どうだ、書見もまたよいものであろう」

稽古場に入ると、忠太はまずそう言ってから、

「相手の道場とは、すっかり話がついたゆえ、後を引きずることはまずあるまい。だが、無闇に喧嘩をするのは誉められたものではない。それはそれとして、自省をいたさねばなるまい」

六人を戒めた。

やはりそうきたか――。

六人は覚悟を決めて、まず市之助が、

「先生、罰は罰として受けますので、稽古を始めてくださりませ」

代表して言った。

「うむ、よい心がけだ。だが、こ度のことはお前達にも言い分があるのだ。罰を与えるというのも、筋が違うように思える。剣術を極めるというは、よく切れる刀を身につけるに等しい。そして、刀には鞘がのうてはならぬ」

また、わけのわからぬことを言い出した――。

六人は、忠太の真意が読めずに、きょとんとした。

「よいか、その鞘になるのが学問によって得る知識というものだ。見たところお前達は、ほとんど本を読めておらぬ。〝史記〟という書は、太古から漢の武帝までの長い歴史を綴ったものでな。かの水戸中納言も、若き頃は相当の暴れ者であったというが、〝史記〟を読んだことで、一念発起して稀代の名君になられたという。かつて様々な剣豪と言われた武士達も、時に書を読み耽り、悟りを開いたとか。お前達も体休めをかねて、当分の間書を読め」

忠太はそう言うと、それから数日、六人を書見漬けにしたのである。

今まで学問を修めていなかったわけでもない六人であったが、これは応えた。

喧嘩で実力を噛み締めた後だけに、体を動かさず、じっと書見をするのは辛かった。

だが忠太は、毎日六人を稽古場に来させて、一日中〝史記〟を読ませたのである。

六人は、これこそ〝新手の罰〟だと解釈したが、忠太は大真面目である。

「よいか、戦うことしか能がないと、何かの拍子に人として道を踏み違えてしまうものだ。おれはお前達に強くなってもらいたいが、その前にまともな人間であって欲しいのだ」

そして何度となく、この言葉を口にした。

「おい、あの先生、またわけのわからぬことを言い出したぞ」

「学問が大事なら他所で習うさ」

「おれ達は剣を学びに来ているのだからな」

三日も経つと、安川市之助、新田桂三郎、若杉新右衛門は、不平を口にした。

とはいえ、平井大蔵はさすがに医者の子で、

「まあ、骨休めをする間、書を読むのも悪くないではないか」

不平を口にする前に、〝史記〟のおもしろさに没入していた。

今村伊兵衛も同じで、家に帰って、今は剣術より〝史記〟ばかり読んでいると告げると、

「それは何よりだ」

親の伊勢屋住蔵は、剣術だけではなく書籍にも造詣が深く、忠太の処置に大いに喜んだ。

住蔵とすれば、伊兵衛には鬼のように強くなることを元より望んでいない。そここそ腕も立ち学才もあれば、より武士らしくなる。

そしてそのうち、どこかの御家人株を買って、伊兵衛を天下の直参にすれば恰好がつくのである。

伊兵衛もそう言われると、熱心に読むようになり、十五歳と若い分、歴史書に登場する英雄豪傑（ごうけつ）に興がそそられていた。

それゆえ、市之助が苛々（いらいら）するのを見ると、

「市さん、焦らず今は読んでいようよ」

などと宥めるようになった。

「ふん、お前はやはりガキだな」

市之助はそれがまた苛々するらしい。

忠蔵はというと、

「あんまり腹を立てると、余計に書物の字が読み辛くなる。苛々せずに体を休めておこうじゃないか。そのうちまた辛い稽古も始まるだろうから」

市之助、桂三郎、新右衛門を宥めつつ、忠太の命に従っていたのだが、忠太が強いだけではなく、まともな人間になって欲しいと言うことに頷けるものがあった。

忠太が言わぬので知らぬふりをしているが、忠太は小野道場時代に、道を踏み外して世の中から消えていった者を救ってやれなかった苦い思い出がある、と人伝（ひとづて）に聞いていた。

時に思いつきでするような稽古法は、その思い出を引きずっているからではないか。

まだ二十歳にもならぬ忠蔵に、父の心中を窺(うかが)い見ることなど出来ないものの、何やらそのような気がするのだ。

やがてその意図がわかるまで、忠蔵は黙って忠太の稽古に従うつもりであった。

だが、そうなると、深い友情を育(はぐく)んできたはずの相弟子達の間にも、容認派と否定派に分かれていく兆しが見えてきて、忠蔵はそれがまた気にかかるのであった。

特に、市之助の反抗的な態度が、書見の間に、顕著になってきたのである。

八

その日は書見の後に、久しぶりに稽古場の端から端まで、ひたすらに木太刀を構え打ち込む稽古をした。

少し体を休めたことで、六人の動きは俄然(がぜん)よくなった。

しかし、それからはゆったりとした組太刀に終始した。

先日の猛稽古よりは、楽になったものの、忠太は袋竹刀による立合はさせなかった。

それでも、書を読み、心を落ち着けて組太刀に臨むと、剣術の理念が早く身につくような気がした。

門人達は、それなりの成果を肌で感じたが、

「先生、いつになったら、袋竹刀で立合ってくれるのです?」

組太刀が終った後、遂に安川市之助が、ずけずけと忠太に問うた。

忠太は表情を崩さず、

「そんなに立合がしたいか?」

と、応えた。

「無論にござりまする。先生は、お前達を今の自分の腕前くらいにしてやろうと、申されたではありませぬか」

「確かに申した。それゆえ、おれもそれに努めているつもりだ」

「それがわかりませぬ。儒者や坊主のように、人の道ばかり求めたとて、いざという時の力になりましょうや」

「なる。必ずやそれが力になる。人の道も解さず、腕ばかりが立つと、ろくな者にはなれぬ。お前は、母親を支えてやらねばならぬ身であろう。立派な男になれ」

「立派な男になるためには、強くならねばならぬのです。おれのような浪人者は、強さを見せねば浮かぶ瀬もない……」

「きっと強くしてやる! だが、誰であっても、いきなり明日強くはなれぬ。おれの言う通りにしろ。きっと強くしてやる」

市之助は、何か言おうとしたが、

「立合をさせぬのは、お前達の腕が、まだそこに達しておらぬからだ。中西道場の師範になった今、おれは息子の忠蔵にさえ、立合による稽古はつけぬ」

きっぱりと言われると、言葉が出なかった。

この上、立合を望んだとしても、忠太は手加減せずに市之助を打ち倒すに違いない。

それでは、今の市之助にとっては稽古にならない。

黙って引き下がるしかなかった。

他の門人達も、市之助とは同じ気持ちを秘めていたが、彼の肩を持ちたくても、皆もまた、反論の余地はなかったのだ。

「稽古を続けるぞ！」

忠太は、門人達に考える間を与えずに、それからは徹底して、素振りと組太刀、木太刀での打ち込み、追い込み稽古をさせた。

しかし、不思議と体の節々の痛みは消えていた。猛稽古に堪えられるだけの力が身についてきたのだ。

——なるほど、これを続けていけば、おれは強くなるのかもしれぬ。だが、それはいつのことなのだ。

それでも市之助の心は晴れなかった。

——母親を支えてやらねばならぬ身だと？　そんなことはわかっている。

今日も久松町の浪宅を出る時に、母の美津は、

「よいですか、焦ってはなりませぬぞ。近頃のあなたの顔付きは前よりもぐっと引き締まり、ほんによい面構えとなりました。わたしはそれが嬉しゅうてならぬのです」

と、中西道場に移ったことを喜んだ。

しかし、市之助の目からは、喜ぶ美津の顔が、その度に小さくなっているように見える。

市之助はそれを指摘して、

「母上、お体が悪いのではありませんか？　相弟子の平井大蔵は医者の倅ですから、頼めばしっかりと診てくれましょう」

そのように伝えたのだが、

「どこも悪くはありませぬ。わたしも歳をとりましたゆえ、何もかもが縮んでいくのでしょう。ああ、あなたが羨ましい」

美津はそう言って一笑に付す。

市之助が早く世に出たいと焦る想いは、相変わらずここにあった。いくら〝焦る

な〟と言われても落ち着いていられなかった。

あるかなきかの天分のために、母の寿命を縮めてもよいものか。

だが、それでも自分は剣術が好きで、剣によって立身したいと思い続けてきたが、母への情が深いとはいえ、すぐにそこへ気持ちがいくのは、

「つまるところ、おれはそれほど剣術が好きでもないのかもしれない」

そのようにも思えてくる。

彼は十八である。後から思えば、〝頑是無い〟ことも、その年頃は心にすぐに穴があき、千々に乱れるものなのだ。

そして、安川市之助は幼い頃から、気の迷いや悩み、やり切れぬ想いを、怒りに変えることで乗り越えてきたのである。

――やはり、中西忠太はよくわからぬ。

稽古が終ると、彼はプイッと道場を出た。

書見をしてから、五人で一緒に帰路に着くことがめっきりと減った。

市之助にとっては、どうも捉えどころが見つからぬ中西忠太を、平井大蔵、今村伊兵衛の二人は慕うようになっている。

「市さん、よく言ってやったよ」

「おれも同じ想いだよ」

新田桂三郎と若杉新右衛門は、市之助の後について出て、労るように言った。

「大蔵と伊兵衛が書物好きだったとはな」

「何やらおもしろくねえな」

そして二人で、市之助の想いを代弁したが、

「中西忠太の言っていることは正しいのかもしれねえが、おれはそういう正しさが気に入らねえんだよ。世の中を見ろ。正しい奴が人の上にいるか？ ろくでもねえ野郎が、はびこってやがるじゃあねえか。おれ達は何様の子供でもねえんだ。強い奴を叩き伏せてこそ人の目につくんじゃあねえのか」

市之助は、己が想いをべらべらと吐き出すと、仏頂面で走るようにして和泉橋を渡っていった。

桂三郎と新右衛門は、市之助が何か大きな屈託を抱えているように思えて、

「市さんは、そうっとしておいた方がいいかもしれぬな」

「ああ、下手なことを言うと、ぶん殴られそうだ……」

不良仲間同士の友情を見せんとした二人であったが、何か悩みごとでもあるのかと切り出せないほどに、市之助は深い陰りを放っていたのだ。

重い足取りで、久松町の家へと戻ると、千鳥橋（ちどりばし）の袂で、嫌な連中と行き会った。

小野道場の青村理三郎と玉川哲之助であった。二人は弟弟子を三人ばかり連れてい
て、市之助が一人と見て、これでは端（はな）から喧嘩にもなるまいと、

「これは、中西道場の安川殿ではござらぬか……」

理三郎が、からかうように声をかけた。

「おぬしらか……。あっちへ行け。おれは虫の居どころが悪いんだ。また、この前み
てえにやるか？」

市之助は睨みつけた。

相手は五人だと見てとったが、少々殴られてもいいから暴れたい気持ちであった。

「ははは、相変わらずだな。お前なぞ相手にするか。今度はこっちが破門にされてし
まうよ」

哲之助が嘲笑うように言った。

「そんならどうしておれに声をかけた」

「中西先生の稽古は、なかなかに厳しいと聞いてな。どんなものかと、訊ねてみとう
なったのだよ」

理三郎が言った。

理三郎、哲之助達との袋竹刀での果し合いによって、市之助は中西忠太の門に入ることになったわけだが、この二人は、相変わらず小野道場で稽古に励んでいた。

「いざという時は、これでは刀を抜いて迫る相手とは戦えない……」

こんな世迷い言ばかり言い募り、何かというと突っかかってくる馬鹿がいなくなって、随分とまた道場の風通しがよくなったというところであろう。

しかし、破門を免れたものの有田十兵衛からはきつく叱責を受け、一時は謹慎を余儀なくされた。

理三郎も哲之助も、未だにそれが頭にきていて、すれ違いざまにしろ、何か言わねば気がすまなかったのだ。

「中西忠太の稽古は、それは大変なものだ。お前達なら一日で音をあげるだろうよ」

市之助は、相手にするのも煩しいと、やり過ごさんとした。

連中相手に一暴れしたい衝動も、すぐにしぼんでいたのである。

「確かに、大変なのだろうな。ああ見えて中西先生は、恐ろしい御方ゆえ、心してかかることだな」

「怒らせるでないぞ。おぬしなどは打ち殺されてしまうだろう」

理三郎と哲之助は、意味深長に言った。

「何だと……？　打ち殺されるだと……？」

市之助は、聞き捨てならぬと二人の前に立ちはだかった。

「何だ、おぬしは知らぬのか……」

「中西先生と会うたのは、破門されたあの時が初めてだ。知る由もなかろう」

「左様か。どうせ知れることゆえ、教えてやろう。あの中西先生はなあ、師範代になったばかりの頃、聞きわけのない破落戸の門人を一人、叩き殺しているのだ」

「何だと……」

「おぬしもそうならぬように気をつけるんだな」

二人はそれだけを告げると、嘲笑うようにその場を離れた。

「おい！　待て、それはどういうことだ！」

市之助は、今にも殴りかからんばかりの勢いで二人を追った。

九

その翌日の中西道場の拵え場において、騒ぎは起こった。

少しばかり思いつめたような、それでいてどこか開き直ったような、不敵な笑みを浮かべた安川市之助が、相弟子相手に中西忠太を、激しくこき下ろしたのが発端であった。

それは、市之助が昨日、青村理三郎と、玉川哲之助から聞き出した、あの一件に起因する。

「桂三郎、新右衛門、おれは昨日お前らに、世の中などというのは、正しい者より、ろくでもない者がはびこると言ったよな。いくら口できれいごとを言ったって、根元が腐っていれば、何にもならぬ。それが中西忠太にあてはまるから、おれはがっくりときたね」

市之助はそう告げると、大きな溜息をついたのである。

その時、中西忠蔵は拵え場にはいなかった。

内弟子扱いの忠蔵は皆よりも先に着替えて、神前の掃除などをしているのだ。

いれば、さすがに市之助も、忠太への非難は口にしなかったであろうが、つい口に出してしまったのだ。

「先生がどうしたというんだい?」

平井大蔵が問うた。その目には、何を言い出すのだという、不審が映っていた。

「立派な人でいろ。斬れる刀の鞘は書見で拵えろなどと、あれだけ徳高い坊主のようなことを言っていた男がだ。小野道場で門人の一人を打ち殺していたんだとよ」

桂三郎、新右衛門、大蔵、伊兵衛の四人はそれぞれ眉をひそめて、市之助を見た。

「そんなことがあったのか？」

桂三郎は声を潜めて、

「忠さんは知っているのかな」

「さあ、おれ達が小野道場に入る前の話だが、聞いたことくらいはあるんじゃあないのか。忠蔵も哀れだよな。そんな男が父であり師匠だとはよう」

市之助はまた溜息をついた。

昨日は、小野道場の青村理三郎、玉川哲之助達にからかわれた。聞き捨てならぬと、さらに問うと、

「師範代になったばかりの頃に、気に入らねえ門人がいて、そいつを庭に連れ出して、木太刀で打ち殺したって話だ」

「そいつは何かの間違いじゃあないのか？」

伊兵衛は納得がいかなかった。

「お前は近頃、中西忠太の信者になっちまったから御不満かもしれねえが、残念ながら本当のことさ。殺されたのは関口憲四郎（せきぐちけんしろう）という弟子だそうな。まあ、この関口っていうのは相当の悪だったそうだが、気に入らねえからといって、殺されたら堪ったも

んじゃあねえや」

「おれ達が、まさか殺されることはないと思うがなあ……」

新右衛門は神妙な面持ちで呟いた。

「わからねえぞ。人の性質はなかなか変わらぬものだ。今まではよかったが、この先何かの拍子に庭に引きずり出されて、こっちはお陀仏だ」

市之助は、今までの不満が噴出したようで、忠太への不信が、堰を切ったように口をついた。

「だが、責めは問われなかったから、先生としてやっていけているのだろう？ということは、関口って人に責めがあったからじゃあないのかい？」

伊兵衛が珍しく、強い口調で市之助に問いかけた。

「さあな。大人ってえのはうやむやにするのが上手だから、何もかも馬鹿な関口のせいにして、闇に葬ったのかもしれねえぞ」

市之助は苛々としてきた。

仲間達が、もう少しこの話に耳を傾けてくれると思っていた。しかし四人はどちらかというと一様に自分に詰るような目を向けている。

市之助とて、

「そんな先生なら、もうここに通いたくはないよ。市さん、皆でやめようよ」

そこまでの言葉は期待していなかった。

四人それぞれは家の事情を抱えているゆえ、無闇に中西道場をやめることなど出来ないが、

「おれ達は、市さんの気持ちがよくわかるよ。市さんが道場を出ると言っても引き止めはしない。だが、おれ達はいつまでも仲間だからな……」

それくらいの言葉は、かけてくれるものと思っていた。

それなのに、今村伊兵衛などは、あくまでも中西忠太に非はなく市之助が貶めていると、非難するように問うてくる。

おまけにこの十五歳は、

「つまるところ、市さんは、ここをやめたいのかい？」

図星を突いてきた。

その通りであった――。

市之助は自分には剣術の才が備わっていると思っていた。

思っているからこそ、小野道場を破門された後、母の苦労に甘えて、中西道場に入門し直した。

中西忠太も、自分の才を認めている。

だが、市之助には忠太の摑みどころのない指南に付合っている余裕がなかった。

まだ十八歳だ、おれには先行きがあると思えるほど、自分は恵まれた境遇ではないと考えていたのだ。

それでも、ここをやめると何か大きなものを失うのではないかという不安に襲われる。

だからこそ、皆に背中を押してもらいたかったのだ。

「市さん、この道場を出たいのなら、黙って出て行っておくれよ。おれはそんな話は聞きたくなかったよ」

伊兵衛は悲しそうな顔をした。

「何だと……」

市之助の目が吊り上がった。

「伊兵衛、市さんも黙っていられなかったんだよ。そんな言い方はないだろう」

桂三郎が窘めたが、いつもは控えめな伊兵衛が、今日は引かなかった。

「先生に何があったかはしらないが、それは随分と昔の話だろ。昔そんなことがあったからって、人は変わっていくもんじゃあないのかい。おれはそう信じたいんだよ」

「手前、誰に口を利いてやがる……」

伊兵衛の言っていることは、決して間違ってはいない。それだけに市之助は腹だたしくてならなかった。

「市さん、おれは市さんが大好きだよ。だがよう、おれは剣術をしたいんだよ。ここを出てしまったら、もうおれを拾ってくれるところなんかないんだ。親父が金払ってどこかへ入れてくれたって、どうせ退屈な道場に違いないよ。ここにいる方がずっとおもしろいと思うんだ。だから、おれを迷わせないでくれよ」

「わかったよ伊兵衛、余計なことを言って悪かったな、お前のお望み通り、黙って出て行ってやるよ」

市之助は、必死で怒りを抑えて言った。

「おい市さん……」

新右衛門と大蔵が宥めたが、

「何て、わからず屋なんだよ……」

伊兵衛が、また悲しそうに呟くのが、市之助のやり切れぬ感情を爆発させた。

「おれはお前のような、お気楽な商人の次男坊じゃあねえんだよ！」

叫ぶや否や、市之助は伊兵衛を捹え場から、開け放たれた障子戸の向こうに続く庭へ、蹴り落した。

「おい、やめろよ！」

他の三人が止めようとしたが、市之助は何かにとり憑かれたように伊兵衛を殴りつけたのである。

この時、拵え場の外で、そっと様子を窺っていた忠蔵は、慌てて中へとび込もうとしたが、強い力で引き戻された。

そこには中西忠太が立っていた。

忠太は無言で拵え場に入ると、市之助を止めんとする桂三郎、新右衛門、大蔵を制し、市之助が繰り出す拳を、右の手の平で受け止めた。

「…………」

市之助は、忠太の悲しみに充ちた目を初めてまのあたりにして怯んだ。

そして次の瞬間、忠太の拳をくらって吹きとんだ。

「先生！」

忠蔵も加わって、今度は忠太を止めんとしたが、

「止め立てするな！　こ奴が伊兵衛を痛めつけた分、同じ痛みを与えているのだ！」

と、弟子達を振り払い、市之助を殴りつけたのである。

市之助が地面に膝をつくと、忠太は六人を見廻し、

「よい折だ。皆に話しておこう。おれは十五年前、既に小野道場の師範代を務めていたのだが、その年に門人一人を木太刀で打ち倒し、死なせたことがある」

静かに言った。

市之助を始め、一同ははっとして忠太を見た。

「道場において、そのことを知る者は、もうほとんどおらぬ。それゆえ、色々と話に尾ひれをつけて話す者もいるようだが、八幡かけて真実のみを言おう……」

中西忠太は、それを忠蔵にさえ詳しく語ったことはなかった。自慢にもならず、かといって己が恥だとも思わぬ思い出を、いつか話す時を求めていたとも言える。

「かつて小野道場に、関口憲四郎という門人がいた……」

関口憲四郎は当時、二十歳を少し過ぎたくらいで、門人の中でも抜きん出ていた。

三百石の旗本家の次男で、入門した時から将来を嘱望されていたのだが、とにかく気性が荒く、何かというと仕合を望んだ。

忠太の師・小野次郎右衛門忠一は、泰平の世にあって、剣術は人を斬るための道具ではなく、武士の精神の支柱にならねばならぬと考えていた。

それゆえ、仕合は武士の精神を忘れぬように、時折、しっかりとした師範の立会に

て、行われればよいとして、滅多やたらとさせなかった。

しかし、己が剣才を鼻にかける憲四郎は、それが不満で、師範達の目を盗んで、門人達に喧嘩をふっかけるように仕合を望み、これを受けた者を次々と袋竹刀の餌食にした。

己が強さを確かめた憲四郎は、道場の外でも同じことを繰り返した。

師範代達は、憲四郎の破門を検討し始めた。

しかし、次郎右衛門忠一は、若き頃の暴走には寛大で、憲四郎の無体を叱りつつ、

「若い頃は、あれくらいの気概がのうてはならぬ。それを教え諭すのが師範の務めではないのか」

と、師範代達を諭していた。

そのうち、嵐は関口憲四郎の中を通り過ぎるであろうと言うのだ。

忠太もそう思っていた。

憲四郎は、小癪な男ではあったが、どこか憎めぬところもあり、忠太が注意すると、

「早く先生を追い抜きたくて、気が焦るのでございまする」

と、頭を掻く姿などに愛敬があった。

ところが、次郎右衛門と忠太が自分を認めてくれていると受けとった憲四郎は、図

に乗って師範代の一人と衝突して、

「先生が立合を嫌うのは、わたしに打ち負かされるのが恐いからでしょう」

と、挑発するように言った。

これに激高した師範代が、

「よし！　相手になってやる、木太刀で受けてやるぞ！」

と、憲四郎を庭へと誘った。

その師範代が憲四郎に負けるとは思わなかったが、かといって勝つかどうかもわからない。忠太にとっては兄弟子で、

「憲四郎、よせ、よさぬか」

その立合を止めようとしたが、

「それなら中西先生が相手をしてくれますか」

憲四郎は、したり顔で言った。

「よし、おれが相手をしてやる」

忠太は兄弟子の師範代に、させてはなるまいと木太刀を手に庭へ降りた——。

こうなると憲四郎も後には引けず、彼は忠太との木太刀での仕合に臨んだのである。

「関口憲四郎は強かった。あれほどまでに遣うとは正直おれも驚いた。木太刀で打ち

合い、気がついた時には、おれは憲四郎と相面になり、奴を倒していた……」

　こうして、忠太は憲四郎を心ならずも死なせてしまったのだ。

　しかし、忠太の非をあげつらう者は一人もおらず、次郎右衛門忠一は話を聞いて、

「もしも中西忠太を責める者あらば、将軍家剣術指南役の、小野家の面目にかけて相手になってやる！」

と、息まいたという。

　その二年後に忠一は亡くなるのだが、忠太には毛筋ほどの非はないと、小野道場ではすんだ話となっていた。

　それでも、その事実は忠太の武勇伝として知る人ぞ知る逸話として語り継がれてきた。

　有田十兵衛が、市之助達の行動を問題視して破門したのも、第二の関口憲四郎が小野道場内で生まれぬようにという配慮であったと思われる。

　そして十兵衛は忠太が、市之助達を中西道場で引き取ったことについて、

「……昔の罪滅ぼしを、あの五人で果そうと思うているのではなかろうな」

と、問うたのにはその意味が含まれていたのである。

十

「おれは、関口憲四郎を、その才を伸ばしてやれぬままに打ち殺してしもうた。このことはいくら言葉を飾ったとて言い逃れはできぬ。さりとて、おれは剣客として生きてきたゆえ、今までの来し方にいささかの悔いもない。大事なのは関口憲四郎の死を無駄にせぬことだ。お前達を見ていると、彼の者の姿が浮かんだ。恐らく憲四郎は、おれに打ち殺されていなくとも、いつか何者かに命を奪われていただろう。おれはお前達を死なせたくはない。剣客崩れの破落戸にもしとうはない。それゆえ、お前達と新たな剣の道を歩まんとした。ただそれだけのことだ」

忠太は一気に語ると、市之助を見下ろして、

「だが、安川市之助、おれはお前を見損のうた。この道場を出るなら出ていくがよい。その言い訳におれの昔の一件を言い立て、気にいらぬからと仲間の伊兵衛を殴りつけたは武士として、男として言語道断である。構うことはない。出ていけ！」

市之助はがっくりとうなだれている。

出ていけという忠太の目に光るものを見たからだ。

「さあ、今日も稽古を始めるとしよう」

忠太は踵を返して、稽古場へ向かった。

忠蔵は大蔵と共に伊兵衛を抱き起こしてやり、桂三郎と新右衛門は、

「市さん、行こう、稽古場へ……」

「出ていけと言われて、出ていくような男ではないよな」

と、声をかけた。

誰もが市之助と共に道場を出ていこうとは思わず、市之助を宥め、忠太に頭を下げてでも彼と共に、中西道場に残らんと考えていた。

しかし、市之助は頭を振って、

「皆、行ってくれ……」

そう言うと、ふらふらと立ち上がった。

「市之助、そりゃあないだろ。おれ達が何とかして取りなすから、一緒に稽古場へ行こう」

忠蔵が、熱い目を向けたが、

「いや、忠蔵にまた嫌な想いをさせてしまうだけだ。皆にもこの先、迷惑をかけるに違えねえや。先生の言う通りだ。伊兵衛にも言われたが、おれはここを出たかったんだ。黙ってやめりゃあいいのに、皆に構ってもらいたくて、くだらねえことを言って

しまった……」

市之助は、庭から拵え場に上がると、そのまま稽古着を抱えて、中西道場を出た。

彼の体からは頑な意志が漂っていた。

何と声をかけてよいか、呼び止めていいか、見送る五人には、かける言葉が見つからなかったのである。

中西忠太は、稽古場の見所で身じろぎもせず瞑目していた。

彼は誰よりも安川市之助の剣才を買っていた。息子・忠蔵にも引けはとらぬ、剣の勢いを見込んでいた。

同時に、忠太は市之助がこのまま上達すれば、関口慧四郎の二の舞になるようで、それを恐れるようになっていたのも確かであった。

——これでよかったのだ。たとえ忠蔵だけがこの道場に残ったとしても。

気持ちを鎮め、師範の心となって目を開けた時、彼の目の前には、市之助を除く五人の剣士が居並んでいた。

第三話　練塀小路

一

宝暦元年も押し詰ってきた。

下谷練塀小路の、小野派一刀流中西道場は、江戸を包み込む寒さの中で熱気を帯びていた。

早くも安川市之助が脱落したものの、中西忠蔵、新田桂三郎、若杉新右衛門、平井大蔵、今村伊兵衛の五人は、日々稽古（けいこ）に励んでいた。

というよりも、五人共に師範の中西忠太に、

「引きずり廻（まわ）されている……」

と言うべきか。

長く共に暮らしてきた息子の忠蔵でさえ、

「これほどまでに熱い男であったのか……」

師範となった忠太の熱血指南ぶりには驚かされていた。

剣術に没頭し、その才を認められたので、日々剣のことしか頭になく、世間知らずで、世渡りというものにまるで興味がない。

それが中西忠太を、やさしく大らかで、憎めぬ男に見せていた。

忠蔵にとっては、父として剣士として尊敬出来る武士であったのだ。

だからこそ、父がいよいよ中西道場を開くなら、その時はついていこうと思っていた。

父の自分への慈愛は十分受けた。十八歳となった今は、剣の師として、武士と武士、男と男として向き合えたら、これほどのことはなかろう。

しかし、道場を構え師範となった父は、四十男とは思えぬほどに、剣への想いを爆発させた感がある。

人は人、己は己――。

そう信じて、所詮剣客は自分との戦いだと、体の内に溜めていた情熱を、

「道場を構える師範となれば、弟子と共に新たな剣を求め、弟子を自分以上に強くしてやらねばならぬのだ」

と、噴出させたのであろう。

誰よりも中西忠太を知る忠蔵は、小野道場の師範代であった頃とは、がらりと変わってしまった忠太の指南ぶりを、そのように受け止め、納得していたのである。

「それ！　そこでもう一歩踏み込むのだ！　それしきで息があがっていては、いざという時何とする。よいか、伊賀鍵屋の辻での決闘は、二刻（約四時間）になろうというほどの間、斬り合うたそうな。今のお前達には、術が備わっておらぬのだ。その分、体に力をつけるのじゃ！」

この日も、中西忠太は自分もまた稽古場をところ狭しと動き廻り、五人の弟子に木太刀を構えさせ、前へ前へと虚空を斬るように、連続技を打ち込ませた。

剣士達が床を踏み込む音が、ずしりと体に響く。

これが、忠太の精神をさらに昂揚させるらしく、

「よし、よい勢いだ！　お前達は強くなるぞ、練塀小路の小天狗めが！」

うっとりとした表情で、誉めそやすのであった。

忠蔵の見方は、まったくもって的を射ていた。

中西忠太は、道場師範に対する思い入れを、弟子を得て爆発させたのである。

だが、父を客観的に見つめる忠蔵とは違い、忠太本人は、

「うむ、己が道場を持ち、門人を得るというのは、これほどまでに体中の血を沸き立

たせるものかな」

　理屈などなく、ひたすらに熱くなっているに過ぎない。

　こういう師範にかかると、弟子は大変なのだが、

「とにかくこの先生は、心の底からおれ達を強くしてやろうと思っている。それだけは確かだ」

　と、わかる。

　その辺りの情の受け止め方は、忠蔵以外の四人は、世間の本流から外れた悲哀を持つだけに、忠蔵よりも深いのだ。

　自分としても、親に対しても、四人は剣術を放り出すわけにもいかない。

　どうせこれといって行くところもないのだから、稽古が辛くとも、師範が何を考えているのかよくわからなくとも、

「まず、続けてみよう……」

　そんなところで、忠太の熱情に呑み込まれているのだ。

　もっとも、若い頃などは、何とはなしにやり始めたら、やめるにやめられなくなって、ずるずると続けていくのが修業というものなのであろう。

　息子である忠蔵も例外ではなく、弟子達は師の意をいかに解して、どのような師弟

の間を築いていくか、日々奮闘しながら、探り続けていたのである。

とはいえ、中西忠太には弟子達が着実に体に力をつけてきた手応えがあった。

刃引きの刀での型、組太刀をさせても、体がぶれることなく、しっかりとした太刀筋をもって剣を揮えるようになってきたのだ。

——そろそろ、こ奴らに立合をつけてやらねばならぬ。

そして忠太は、その想いを新たにしていた。

実戦の時に、すぐに役立つ剣術を習いたい——。

それが弟子達の願いである。

願いが強過ぎて、安川市之助は稽古場から去ったのだが、彼らの願望が依然としてそこにあるのは事実であった。

しかし、実戦で役に立つ剣を修得するためには、地道な稽古の積み重ねが必要であると忠太に言われれば、今は従うしかないという分別が弟子達には芽生えていた。

中西忠太の許で剣に励むと、忠太という剣客が目指す剣術の重みが、ひしひしと伝わってくるようになった。

何といっても、五人で打ちかからんとして、あっという間に袋竹刀で叩き伏せられた時の体の痛みと、敗北感、忠太の剣術の凄みは、彼らの心身に刻まれていた。

そして、かつて自分達と同じ想いを抱き、それが過ぎて、忠太によって木太刀で打ち殺された者がいたと知れば、

「お前らを、きっと強くしてやる！」

師の言葉を信じて堪えるしかないのだ。

小野道場を破門になった頃は、

「少々、怪我をしようが、体を痛めようが、袋竹刀で立合ってこそ……」

と、粋がっていたが、忠太によってその恐ろしさと、無意味さを知らされたのであるから――。

その意味では、中西忠太は荒くれ達を見事に統制したわけであるが、本人はというと、

「どのようにして、立合えばよいか……」

弟子達の落ち着きとは裏腹に、それればかりを考えていた。

忠太はその実、弟子達以上に、互いに打ち合う実戦的な稽古をいかにすればよいのかを、小野道場にいた頃から、ずっと考えていたのである。

忠太は幸いにして、師である小野次郎右衛門忠一から、密かに袋竹刀による立合稽古をつけてもらった。

さらに、あくなき努力をもって、型と組太刀の動きを体に叩き込み、仕合に挑んできた。

それは、仕合に立会う忠一が天性の剣才を持ち合わせた人であったゆえに出来たことであったし、

「お前にも、剣を抜いて戦える勘が、天性備っている。それゆえ、お前は真剣勝負に臨んだとて、後れはとらぬであろうが、これを弟子に伝えんとするのは、至難の業じゃのう」

忠一はつくづくと言ったものだ。

誰もが容易く勝負勘を鍛えられる稽古とは何ぞや――。

彼は、一刀流の未来に誰よりも夢を見ている。

弟子達を叱咤激励し、時には若者に交じって自らも体を動かし、道場を盛り上げつつ、中西忠太は弟子達以上に、日々悩んでいた。

「若い連中は、まだまだ先があるというのに、何故か焦っているものだ。明日になれば、己が才を疑って自暴自棄になったりもする。それゆえ、五人にどこまで堪え性があるかまったくわからぬ。新たな稽古を考えてやらねば、心が保てぬやもしれぬな……」

日々、自問自答をする忠太の方が、焦りを覚えていたのである。

二

「うーむ……、これはなかなか大した稽古ではないか……」

有田十兵衛は、低く唸(うな)った。

小野道場の師範代で、中西忠太の相弟子である彼は、師走に入ったある日、練塀小路の中西道場をそっと覗(のぞ)きに来た。

別段、大した用があるわけでもなかったのだが、

「忠殿が、どのような稽古をさせているか、見とうなってな……」

と言って、稽古場の出入り口に、姿を見せたのである。

ちょうど五人の弟子達が二千本の素振りをしている時で、五人は十兵衛に背を向け延々と素振り用の木太刀を振っているので、そのおとないに気がつかなかったのだが、忠太が応対すると、

「このままそっと見て、そっと帰ることにいたそう」

と、稽古場へは入らなかった。

それゆえ、忠太は十兵衛を庭から見所(けんじょ)の奥にある一間に請じ入れ、部屋の戸の隙間(すきま)

から稽古を眺めるように勧めたのだ。

十兵衛も、自分が破門にした四人には、顔を合わせたくなかったのであろう。

長い素振りが終ると、そこからは稽古場を広く使った、追い込み稽古である。

連続で面を打ち前へと踏み込む。

小手から面の連続打ち、さらに胴打ちを加える。

その勢いは、荒馬が馬場の中を群れとなって駆け抜ける迫力がある。

忠太は指揮を忠蔵に託し、十兵衛の応対に出たのだが、日々行われている稽古ゆえに、忠蔵の号令によって粛々と稽古は続いていく。

――あの破落戸達が、これほどまでに厳しい稽古をこなすとは。

十兵衛は、瞠目したものだ。

素振りに、型、組太刀は、念入りに行う小野道場の稽古ではあるが、ここまで体を苛め抜くような稽古はしない。

破落戸と斬り捨ててきた十兵衛も、破落戸ゆえの荒々しさを猛稽古に昇華させている忠太の厳しさには、彼なりに感じ入っていたのだ。

「どうかな？　荒馬もうまく育てれば、天駆ける名馬となろう……」

忠太は、少しばかり勝ち誇った顔をしたが、

「ただ、稽古を見に来たわけではござるまい。何か起こったのかな？」

すぐに真顔で問うた。

自分が破門にした者達が、中西忠太によって、いかに成長を見せているか。それが気になって、わざわざ足を運ぶほどの人のよさなど、元来有田十兵衛は持ち合わせていない。

定めて、何か面倒なことがあって、それを伝えに来たのに違いない。

「まあ、そういうことだ……」

十兵衛は、図星をつかれて、

「酒井先生が蘇ったのだよ」

本題に入った。

「酒井先生……？　酒井右京亮先生か？」

「いかにも」

「元気になられたのか……」

「そういうことだ。喜ぶべきことではあるのだがな」

十兵衛はそう言って、顔をしかめてみせた。

酒井右京亮は、忠太と十兵衛の兄弟子にあたる。

小普請(こぶしん)で無役ではあるが、千二百石取りの旗本で、剣術への造詣(ぞうけい)が深く、小野道場の御意見番として通っていた。

自分が無役なのは、

「御上(おかみ)より、一刀流をしっかりと守るようにとの思(おぼ)し召しを賜(たまわ)ってな」

と、公言して憚(はばか)らない。

小野派一刀流は、将軍家の流儀でもあり、

「身共(みども)がしっかりと支えねばならぬのだ」

と、かねがね口にしているゆえ、実際にそうなのかもしれない。

剣術に専念しているだけあって、その技量もなかなかのもので、小野道場の高弟の一人として君臨(くんりん)していた。

小野家の当代が、この十数年の間に次々と亡くなり、今はまだ若年の次郎右衛門忠喜が跡を継いでいるのを、右京亮は大いに憂(うれ)えていて、何かというと出張(でば)ってくる。直参(じきさん)旗本であり、剣術界には顔の広い酒井右京亮であるから、小野道場としては心強いのだが、同時に煩(わずら)しくもある。

右京亮は小野派一刀流に己が人生をかけてきたという自負と旗本という身分があるので、なかなかに頑強なのだ。

しかも本人はそれを正義と信じて疑わないので、道場の師範代にとっては、真に面倒な存在になってくる。

まず、御意見番などと呼ばれる者はそんな人物が多い。

中西忠太も有田十兵衛も、これまで何度も〝ありがた迷惑〟を蒙ってきたのである。

ところが酒井右京亮も五十になり、この二、三年は体調を崩し、

「皆の役に立てずに面目もない」

と詫びつつ、屋敷に籠っていた。

いやいや、じっとしていてくれることこそが〝役に立つ〟のだと、忠太と十兵衛などはほくそ笑んでいたのだが、酒井右京亮は柔な男ではなかった。

このところは憑きものが落ちたように元気になり、

「小野道場へ、最後の御奉公をいたす所存じゃ！」

と、声高に叫んでいるそうな。

「最後の御奉公か……」

忠太はふっと笑った。

道場の師範代達は疎ましく思っていても、将軍家指南役である小野道場の、高弟の一人と数えられている酒井右京亮は、なかなかに顔が広く、権力者と言われる筋に交

誼がある。

その中には、小野道場に縁の深い大名・津軽家も含まれているし、若年の当代・小野次郎右衛門忠喜も、

「小父上……」

と、慕っている。小野派一刀流には大きな影響力を持っているのだ。

「まあ、あの御仁も剣術には熱心なのだ。小野道場もまた活気が出るというものではないか。ははは……」

「忠殿、笑っている場合ではないぞ。おぬしは練塀小路に籠っていられるゆえによいが、おれ達は大変だ……」

右京亮は三日に一度は浜町の道場に現れて、忠喜が立派な師範に成長するまでの間、道場を寂れさせては亡師に申し訳が立たぬ、忠喜の稽古相手になれるような門人を、しっかり育てねばならぬと、声高々に有田十兵衛達を激励しているのだという。

「なるほど、目に見えるようだ。ははは……、いや、笑うている場合ではなかったな……」

忠太は口を噤んだ。

十兵衛は、忠太と会う時に必ず一度は浮かべる呆れ顔で、

「おれは、おぬしのことを案じて申しておるのだ。そもそもあの御仁とおぬしは、水と油であったではないか」

「どっちが水で、どっちが油だ？」

「どちらでもよい。昨日、参られて、おぬしがいよいよ練塀小路で稽古を始めたと聞いて、あれこれと申されていたぞ」

「あれこれとな……」

大方の想像はつく。

酒井右京亮は、中西忠太が故・小野次郎右衛門忠一に目をかけられていたことが、気に入らなかった。

右京亮とて相当に剣術を修めた者である。小野道場にあって、中西忠太ほど才のある男はいないと認めてはいた。

しかし、稽古における仕合についての意見の違いが、二人の間にはあった。

忠太は、稽古の成果を確かめるためには、時に審判を立てて、袋竹刀における仕合が必要だと考えていた。

しかし右京亮は、仕合は稽古ではない、

「武士の仕合は、いずれかが死ぬことを覚悟してのものであり、袋竹刀で雌雄を決するなどは、所詮は子供の遊びに過ぎぬ」

という信念を持っていた。

小野派一刀流は、将軍家の流儀であるから、容易く勝敗をつけられるものではない。他流仕合などはもっての外で、負ければ腹を切らねばならぬのだ――。

確かに右京亮の言うことにも理はある。

しかし、いざ斬り合った時に誰が強いのか、その見当がつかねば、たとえば要人の警護に人を遣わす時など困りものだと忠太は思うのである。

稽古に生死を持ち込めば、命がいくつあっても足りぬではないか――。

亡師・忠一は、右京亮の精神こそ正しいとしつつも、稽古法としては忠太の考えに理もあるとした。

そうして、時に自分が審判に立ち、両者に危険が及ばぬよう見事に立会ってみせたのである。

しかし、それも忠一師範がいればこそ。

彼の死後は、仕合を巡っての意見の対立は深くなり、結局信頼がおけて審判が務まる者がいない限りは、小野道場において仕合はしないと決まった。

そこに右京亮の意が大いに反映されていたのは言うまでもない。

忠太は奥平家の剣術指南を務めているゆえ、奥平家の武芸場では、密かに仕合を行ったので、仕合感が衰えることはなかった。

右京亮は、師・忠一が死に際して中西忠太に、自分の一刀流を極めていくよう伝えたことも知っている。

それゆえ、面と向かっては言わなかったが、この先中西道場が開かれ、小野派一刀流剣術を標榜するのであれば、

「正しい稽古をいたすべきである」

と、公言していた。

とはいえ、酒井右京亮も体を病み、このところは姿を見せなかったので、元より小野道場にまつわる〝お歴々〞との付合いを、上手くはぐらかしていた忠太には、懐かしいうるさ型でしかなかった。

「だが蘇ったとなれば、ちと心してかからねばなるまいな……」

忠太は、十兵衛の報告と注意をありがたく受けた。小野道場を訪ねる時は、もし右京亮に会って問われたら、すぐに応えられるよう準備をしておかねばならない。

それがわかっているだけでも、ありがたいというものだ。

「おぬしに迷惑が及ばぬように気をつけよう」

そして、にこりと笑いながら、十兵衛の痛いところをついておいた。

「いや、迷惑などとは思っておらぬ……」

十兵衛は思わぬところで本心を見すかされて、いささかどぎまぎとした。

彼の頭の中には、忠太への心配よりも、酒井右京亮と中西道場との間に立って、あれこれと大変な想いをするのは勘弁願いたいという気持ちが強かった。

十兵衛は、はぐらかさんとして稽古場を見つめて、

「いや、しっかりと体を動かした、よい稽古だ……」

大きく頷(うなず)いた。それもまた本心であった。

「小野道場では、門人の数が多過ぎて、なかなかこう、広々と稽古場を使えぬ」

「いかにも」

忠太は満面に笑みを浮かべた。

「まずは少数精鋭で、弟子達を鍛えあげるつもりだ」

「それもよかろう。時に、安川　某(なにがし)というのがおらぬようだが」

十兵衛は、門人を見廻して小首を傾(かし)げた。

「いかにも。門人同士で喧嘩(けんか)をしたゆえ、出ていかせた……」

「そうであったか。それはよい分別だ。あ奴は規律を守らぬ破落戸だ。いたところで

きっとまた何か騒ぎを起こしていただろう。そうか、それは中西道場の先行きを考えると、よかったと思う。うむ、よかった……」

――おぬしにとってもな。

忠太はそう言いたかったが、しばし押し黙ることで、

「余計なお世話だ」

という意思表示をした。

忠太にとって、剣才を見込んでいた安川市之助を叩き出したことは、未だ心に引っかかっていた。

それゆえ、中西道場では安川市之助のことは、禁句となっていたのだ。

それからすぐに有田十兵衛は、またそっと道場を出ていったが、忠太はその日一日中、難しい顔をしていたのである。

三

次の日の稽古前――。道場の拵え場に、門人達がはしゃぐ姿があった。

中西忠蔵が、道場の名札と、それを壁に掛ける額を拵えたからだ。

これは忠蔵の発案であった。

小野道場に名札はあったものの、若い五人の名は掲がっていなかった。

新たに中西道場の門人となった上は、

「名札を掲げとうございます」

それが皆の励みになると考え、忠太に申し入れたのだ。

「なるほど、それはよい！」

忠太は、忠蔵がよいところに着目したと大いに喜んで、

「お前は子供の頃から手先が器用であったゆえ、お前が好きなように拵えればよい」

と任せた。

忠太にしてみても、自分の名がまず師範として掲げられるのは気持ちのよいものだ。

とはいえ、忠太はもうすっかりと忘れてしまっているが、

「いつか中西道場を開いたら、まず名札を壁に掛けたいものだ」

以前、夕餉の折に忠蔵に話していた。

忠蔵はそれをふと思い出して申し出たのであるが、無邪気に喜ぶ忠太を見ると、それを言えずに、

「まず師範の名を掲げておきましょう」

と言って、ますます忠太を喜ばせると、早速拵え始めたのであった。

確かに忠蔵は子供の頃から手先が器用であった。

母親を早くに亡くしたこともあるが、木工でも縫いものでも巧みにこなした。

稽古場の壁に取り付けられている、木太刀の刀架も忠蔵の手によるものであった。

これは門人達の団結心を高め、道場に大きな活気をもたらすであろう。

製作は稽古が終ってから続けられ、若杉新右衛門、今村伊兵衛も細工物には覚えがあると言って手伝い、三日で完成にこぎつけたのだ。

「よし、皆で稽古場の壁に掛けよう」

拵え場で忠蔵が四人に頷いて、

「これも拵えておいたよ」

と、懐から一枚の名札を取り出した。

四人の顔が綻んだ。

その一枚には〝安川市之助〟と記されていた。

門人達五人は、彼のことを忘れてはいなかった。

五人共、市之助が稽古に焦りを覚え、忠太の昔を詰り、伊兵衛を殴りつけるほどに乱暴になったのには、それなりの理由があったはずだと信じていた。

数日前に、平井大蔵が聞きつけてきたところでは、市之助の母・美津が、このところ本石町一丁目の医者の許に通っているそうな。

医者は内田宋庵といって、同業である大蔵の父・光沢とは仲が悪い。

といっても、かつては碁敵で、くだらぬことから喧嘩になり、それ以来口も利かぬようになったというから、大した話でもないのだが、

「市さんのお袋殿は、どこか具合が悪いのかもしれぬな」

大蔵にはそのように思えた。

そもそも美津は、丈夫な方ではないと市之助は案じていた。

それゆえ美津は、息子に心配をかけまいとして、宋庵の許に通っているのではあるまいか。

光沢に診てもらう方が、息子同士が剣友であるから何かと心強いはずだが、そうすれば自分の不調が、市之助に筒抜けになってしまおう。

それでわざわざ宋庵に診てもらっているのであろうと、大蔵は考えたのだ。

「市さんは、そのことを知ってしまったのではないのかな……」

母を問い詰めるのも気が引ける。といって、自分が剣術道場に通っていては、ますます負担が病弱な母の体にのしかかる。

その屈託が募って、市之助を自棄にしたのなら大いに頷けるではないか。

市之助を怒らせ、さんざんに殴られた伊兵衛も、理不尽な仕打ちであったとはいえ、市之助を憎んではいない。

彼は年少の伊兵衛を何かと庇(かば)ってくれたし、伊兵衛を殴ったことで忠太から叱責(しっせき)を受け、道場を出ていったのだ。後味の悪さはずっと残っていた。

五人で市之助のことを考えると、

「また、一緒に稽古ができないものか」

そこへ話は行きつく。

今も忠蔵が見せた〝安川市之助〟の名札で、彼らはその想いを確かめ合っていた。

「忠さん、先生が来るぞ……」

新田桂三郎が囁(ささや)いた。

「名札はできたのか？」

部屋の外から、忠太の弾むような声がした。

忠蔵は慌てて、件(くだん)の名札を懐にしまった。

市之助が出ていってから、

「あ奴が道場を出たのは身から出た錆(さび)というものだ。おれは安川市之助を許さぬ。おれはこれでも、なかなかに心の広い男だと思うている。どれだけ広いかと問われると応えに困るが、人に対する怒りや憎しみは、すぐに忘れてしまえる男だと自負している。そのおれが許さぬと言っているのだから相当なものだ。お前達も心の広い、仲間想いの男達であろうから、あ奴をとりなそうと考えているのかもしれぬが、それはならぬ。ならぬぞ、それだけは申しておくぞ」

忠太は残った五人に強い口調で、かつしどろもどろに己が想いを伝えていた。

聞いていると、次第におかしくなってくるのだが、忠太の怒りは鎮まっていなかった。

これまでに、ふっと安川市之助の名を口にした者は、桂三郎、新右衛門、伊兵衛の三人だが、彼らはことごとく、

「お前は、おれが言った言葉を覚えておらぬようだな。ならば思い出させてやる。素振りを二千本だ」

という目に遭っていた。

忠蔵が、間一髪のところで名札を隠したのも頷ける。

忠太は拵え場に入って名札と額を見るや、

「ほう、これはよい。何やら剣術道場に来たようだ」

出来映え(できば)えを手放しに喜んだ。

——ここは剣術道場ではなかったのかよ。

　五人は思わず笑ってしまったが、

「お前達も嬉（うれ）しかろう。おれはその気持ちがよくわかるぞ。この道場は皆と共に歩むのだ！」

　忠太は相変わらず五人の想いなどそっちのけで無邪気に喜ぶと、額を稽古場の壁に取り付けさせて、

「ふふふ、真に剣術道場に来たようだ」

　またもその言葉を口にした。

　しかし、すぐに厳しい表情となり、

「中西忠蔵、新田桂三郎、若杉新右衛門、平井大蔵、今村伊兵衛……。この順番はいかにして決めたのだ？」

「はい、小野道場に入門した日が、古い者からにしようと、皆で決めました」

　忠蔵が真顔となって応えた。

「左様か。うむ、それがよかろう。よい決めようじゃ」

　忠太は相好を崩したが、またすぐに表情を引き締め、

「お前達は、この五枚の札の他にも、門人の名が掲げられたらよい……、などと思う

ているのではないか」

じろりと五人を見廻した。

五人は戦慄した。忠蔵は懐にある〝安川市之助〟の名札が落ちぬように、衣服の乱れを正した。

だが忠太は、慈愛に充ちた目で、

「今は、徒らに弟子をとるつもりはない。おれはまず、お前達を強くすることが大事だと思うているゆえにな。出稽古はするが、中西道場はしばしお前達だけが門人だ」

何度も頷いてみせたのである。

五人は、顔をひきつらせて頭を下げると、

「では、稽古の支度をいたして参ります……」

再び拵え場に戻らんとしたのだが、

「忠蔵、待て……」

忠太は強い口調で呼び止めた。

「何でしょう……」

忠蔵は稽古前から冷たい汗をかいていた。

「お前はやはり手先が器用じゃな」

「それほどでもございませんが」

「袋竹刀よりも、打たれた痛みが少ない稽古用の刀はできぬものかのう」

「と、申されますと？」

「お前達と立合うにあたって、袋竹刀では少々痛みがきついゆえ、もっと打ち易いものがあれば、三日に一度は立合もできるとは思わぬか」

「はい。仰せの通りかと……」

忠蔵の顔がたちまちきらきらと輝いた。

聞き耳を立てていた四人の表情にも、ぱっと赤みがさしていた。

「忠蔵、拵えてみよ」

「畏(かしこ)まりました！」

危うく懐の名札を落しそうになるのを押さえて、忠蔵は拵え場に駆け戻った。

忠太は息子の肩幅の広い、たくましい後姿を眺めると、

「さて、そのような稽古をいたさば、酒井右京亮は何と言うであろうかのう」

六枚掲げられた名札の下で、ふっと息を吐いた。

――けッ、大店のお嬢様か何かはしらねえが、はねっ返りに付合うのも大変だ。

安川市之助は、近頃心の内でこんな言葉を繰り返しながら、薬研堀への道を辿っていた。

四

〝はねっ返り〟は、彼の十間（約十八メートル）ばかり先を、しゃなりしゃなりと歩いている。

この娘は、多町の青物問屋の娘でお七という。大事に育てられたのがかえって災いしたか、奉公人達をうまく言いくるめ、自由奔放に暮らし、大店の馬鹿息子と好い仲になりかけた。

大店の息子と娘なら悪い話ではなかろうが、お七はすぐに馬鹿を嫌ってはねつけたがために、馬鹿息子の恨みを買ったようだ。

金を持っている馬鹿ほど性質の悪いものはない。やがて馬鹿息子の廻し者と思しき破落戸達が、何かというとお七の外出の折に、因縁をつけたり、脅したりするようになった。

それで青物問屋も、お七の習いごとの折には、用心棒をつけるようになった。

といっても、あからさまに側に付けては、世間体が悪い。

それで前方に一人、後方に一人を十間ほど離れさせて供をさせることにした。

市之助はその後方を担当しているというわけだ。

この仕事は市之助自らが取ってきた仕事ではない。

何と、母・美津が青物問屋とは親類筋の乾物問屋に、琴の出稽古に行っている縁で、

「若くて腕の立つ護衛を探しているのですが、先生の御子息は確か、剣術の修行をなされているとか。いかがでございましょうかねえ」

などと頼まれたゆえにお鉢が回ってきたのである。

これに先立って、市之助は中西道場を出たことを美津に告げていた。

中西忠太は、美津に束脩や謝礼のようなものは、

「要らぬというのもかえって無礼でござるゆえ、形だけ頂戴いたしましょう」

と、市之助が入門した時に告げていた。

しかし、美津は、

「それでは市之助の身になりませぬ……」

と言って、小野道場に納めていたのと同じだけの謝礼はさせてもらいたいと言って聞かなかった。

「それでは、わざわざ入門時の束脩などは要りませぬ。小野から中西に移っただけのことにして、その謝礼だけはいただきましょう」

忠太は、結局どの門人に対してもそのように取り決めた。

ゆえに、美津の負担は本人にすれば大したものではなかったのだが、謝礼を払う必要がなくなり、尚かつ市之助が僅かでも稼いだならば、安川家はずっと楽になり、

「母上の体も休まりましょう。なに、中西道場を出て稼ぎに行ったとしても、そのうちに、稼ぎながら剣術を学ぶ手立ても見つかりましょう」

市之助は、そのような先行きを考えているゆえに、中西道場をも出たのだと、美津に説明していたのである。

平井大蔵が見た通り、市之助はこのところ美津が平井光沢ではなく、内田宋庵の許にそっと通っていることを知っていた。

そしてそれは、美津が自分に己が病のことで、心配をかけまいとする方便だと解釈していたのだ。

とはいえ、中西道場を出たと伝えれば、

「この母を侮るではありません！」

きつく叱られるのではないかと、覚悟をしていた。ところが美津は、話を聞くと、

「左様ですか……」

一瞬、落胆の色を見せたが、

「あなたがそこまで言うのならば、しっかりと稼いでいただきましょう」

目鼻立ちの整った顔をにこやかに綻ばせて、すぐにこの用心棒の口を、市之助に与えたのであった。その上で彼女は、

「されど、ひとつ申しておきますが、わたしがこのところ内田宋庵先生の許に何度も足を運んでいるのは、あなたに隠れて病を診立ててもらっているのではありませぬぞ」

と、いきなり市之助の取りこし苦労を指摘した。

「先生の娘御が、近々琴を習いたいとのことで、まずその前に、恥をかかぬように立居振舞や、どのような物を揃えておけばよいか、相談を受けただけなのですよ」

これには市之助も拍子抜けがして、そんなことに悩み、今村伊兵衛を殴りつけ、中西道場から叩き出されたのかと、己が馬鹿さ加減に腹が立ってきた。

それでも、もうすんだことなのだ。

内田宋庵の一件は、自分の思い違いであったとしても、美津がそれほど丈夫でないのは確かだし、どうせまた同じ想いが込みあげてくるのだろう。

——これでよかったのだ。

母が用心棒の口をもたらしてくれるのなら、これに従って金を得よう。

市之助は、想いも新たに、お七の護衛を始めたのだ。

同僚の用心棒は、吉永(よしなが)某という三十過ぎの浪人で、細身の色男であった。

お七への接し方も穏やかで、気の利いた言葉も並べられる世渡りのよさがある。

市之助も若く不敵な面構えが、なかなかに冷たく冴(さ)えている。どうやらこれもお七の好みらしい。

初めて青物問屋へ行った時は、つんと澄ましていたお七であるが、外へ出ると時に吉永の傍(そば)へ寄って軽口を叩き、市之助には、

「頼りにしていますわよ」

艶(つや)やかな目を向けてくる。

わたしの供が出来るなんて、幸せですわね。などと言わんばかりの高慢さが、お七を美しく見せるから不思議だ。それでも、

——お前など、歩く銭としか見ちゃあいねえよ。

母・美津の清楚(せいそ)な美しさを日々見ていると、市之助の目にはお七など、白粉(おしろい)を塗りたくった猿にしか映らない。

しかし、吉永はその白い猿に、ためらいもなく世辞を言える。市之助には、

「市さんよう、用心棒稼業も所詮は人当りの好い者が重宝されるってもんだ。強さを保つのも大事だが、恰好をつけることを忘れちゃあならねえよ」

そのように説いた。

黒羽二重の着流しに、籐鞘の太刀を落し差しにしている吉永は確かに粋で、姿もよい。

お七の警護について二日目には、破落戸三人が前から来るのに、すっと近寄って、

「あの娘御に、もしちょっかいを出そうと思っているのならよしにしなよ。ほら、後ろからついて歩いているあの若いの……。あれで既に五人を斬っているって噂だぜ」

などと市之助を出しにして、たくみに追い払う抜けめのなさをも持ち合せている。

「市さんがいてくれると、おれも助かるよ」

吉永は仕事が終ると、そう言って市之助をこざっぱりとした料理屋へ誘って、一杯飲ませてくれたのだが、

「こういう稼業は、喧嘩の強さだけでは身がもたぬものさ。ちょっとした話術でどうにでもなる」

お七と喧嘩別れをして、お七に恨みを持つという馬鹿息子も、自分の取り巻きの勇

み肌の衆に、お七への嫌がらせを頼んだ程度で、それくらいの奴らなら、口先だけで追い払えると言うのだ。

着ている物、身につけている物、大人の吉永は洗練されている。この稼業を続けながら、時に剣術道場にも通い、体を鍛えてもいるらしい。金廻りのよさは、吉永の努力の賜物(たまもの)だと思えるが、市之助から見れば、

——この人は、これで満足しているのであろうか。

と思えてくる。こざっぱりとした形(なり)をして、酒や女に不自由をしなければ、それでこの世は楽しい。今さら堅苦しい宮仕えなど出来るものか。といって今さら剣に生きるも虚(むな)し過ぎる——。

それが吉永の想いなのであろうが、

——おれはあんな風になりたくはない。

市之助はそう思うのだ。

浪宅に帰ると、美津がいつものように迎えてくれて、食膳(しょくぜん)を調えてあれこれ今日の成果を問うてくれる。

しかし、その時の表情には張りがなく、

「どうです？　お金を稼ぐのは大変でございましょう」

剣術道場での出来事を訊く時と違って、どこか哀しそうであった。

——いや、おれも男だ。己が才覚で金を稼ぎ母を楽にさせ、そうしておれはおれの武士道を貫くのだ。

市之助は、すっきりとしない気持ちを胸に秘めつつ、それをいつもこの覚悟で吹き消した。

しかし、己の武士道を貫くと意気込んでみても、十年後の白分と吉永の今の姿がどうしようもなく重なってくる。

若き市之助は落ち着かぬ日々を送っていた。

ふと思い出すのは、自分をさんざんに殴りつけた上で、

「出ていけ！」

と言った、中西忠太の涙に光る目であった。

そして、そんなことを思い出してしまう自分が、腹立たしくて腹立たしくて、ならなかったのである。

五

中西忠太が、息子の忠蔵に拵えるよう命じた、立合用の痛くない刀は、その三日後

に忠蔵から忠太に手渡された。

「うむ、これはよい。よくできておるな」

忠太は大喜びして、忠蔵を称(たた)えた。

それは二尺五寸(約七十六センチメートル)ほどの長さで、竹を組み合わせた柄の中心に細い鉄棒を差し込み、これを刀身として、柄を革で巻く。

さらにその刀身に綿布をぐるぐる巻いて糊付(のりづ)けし、そこに綿を詰め、その上からまた綿布を巻く。

これならば少々叩かれても痛くはない。

鉄棒の先には革を取り付け、同じく中に綿を仕込むという、たんぽ槍と似た手法をとっているので、突かれても安全であった。

「これを拵えるのには、伊兵衛の力を随分と借りました」

「なるほど、左様か。伊兵衛、綿の代はおれが払うゆえ、遠慮のう申してくれ」

忠太は伊兵衛に頬笑(ほほえ)んだ。

「いえ、親父(おやじ)殿は、これはほんの束脩の代わりにしていただければと申しておりますので……」

伊兵衛は得意気に言った。

伊兵衛の家は、大伝馬町にある木綿問屋で、武芸好きの伊勢屋住蔵は、忠蔵を中心とする武具の製造に一役買い、材料と作業場を提供したのだ。

「これは皆で拵えたものにございます」

忠蔵は、桂三郎、新右衛門、大蔵、伊兵衛を見ながら、ほっとした表情を浮かべた。

「左様か。皆、でかしたぞ！」

忠太は、五人が日々集まってこの稽古刀を作るのに没頭した、そこに意味があると思っていた。

その日は、一通り稽古をすませると、

「この稽古用の刀で、早速お前達の相手になってやる。お前達は袋竹刀でかかってこい。遠慮はいらぬぞ。日頃の恨みを晴らすつもりで参れ」

と、忠蔵が工夫した試作品を手にして、一人一人と立合った。

いつもの猛稽古の後でも、門人達は実践出来る喜びに疲れなど吹きとんでいた。

「おれにとってもよい稽古だ！　よし、それではかすりもせぬぞ！」

忠太は弟子達の攻めをかわし、払い、ここぞというところで打ち据えた。

綿のお蔭で衝撃は少ないが、それでも鉄棒入りの稽古刀で打たれると、ずしりと身に応える。

その度に門人達は悔しそうな表情を見せたものだが、間合の取り方の拙なさを体で覚えることが出来た。

「よし、どうだ。お前達は青村理三郎、玉川哲之助達と袋竹刀で打ち合うて、奴らを叩き伏せるだけの腕も度胸もあるが、まだまだ未熟であろうが。型や組太刀で得たものが、身に付いていないゆえに、すぐに技が出ぬのだな。そこを頭に置いてまた稽古だ」

これで弟子達に目標が生まれた。

忠太はこの稽古刀を、伊勢屋住蔵の厚意に応え、〝いせや〟と名付け、三日に一度はこれで立合ってやろうと告げたのであった。

伊勢屋住蔵はそれを聞くと感涙し、さらなる協力を申し出て、忠蔵は二日後に新たに二振の〝いせや〟を完成させた。

「よし、ならばおれが立会を務めるゆえ、お前達同士で立合うてみよ」

忠太は、遂にそれを許した。

五人の喜びようは凄じかった。

立合は抜き戦で行われて、一太刀決められると、次に代わる勝ち残りにした。

ここでは、以前から忠太に稽古をつけてもらっていた忠蔵に一日の長があり、たちまちのうちに三人まで抜いた。しかし一太刀決められると負けになるとなれば、体の疲れに精神の持続が難しく、思わぬところで技を決められなかなか勝ち切れない。

四人目の伊兵衛に、拾われるように小手を打たれて敗退した。

すっかりと自信をつけた伊兵衛であったが、次に相手をした桂三郎には、〝いせや〟を叩き落されて、呆気(あっけ)なく敗れた。

忠太はすぐに稽古を止めた。

「立合うている間は気付かぬであろうが、無我夢中で戦う皆の姿は、傍目(はため)からみるとどうじゃ。何やら腰が引けて滑稽であろう。これは稽古だ。打たれても痛みが少ない〝いせや〟を使うているのだ。型や組太刀で身に付けた技を、立合で出せるように、稽古をいたせ。勝負にこだわるではないぞ」

そして、翌日は勝敗を決せずに、一人が次々と四人相手に数太刀交わす立合をさせてみた。

そうなると、たとえ打たれたとて美しい技を相手に決めようと心がけるので、剣の筋が見違えるほどによくなった。

「よいか。相手に己が刀を当てにいっても、剣を極めている者には通用せぬ。ぐっと間合に入って斬る……。お前達がいう、いざという時にはそれが大事なのだ」

相手の動きを封じるだけの斬撃を与えねば、次の瞬間自分が命を落すことになる。それが真剣勝負の恐ろしさなのだ。

忠太は二日に一度は、弟子達に〝いせや〟による立合をさせた。

それによって五人のやる気は格段に上がっていった。

〝いせや〟での立合とはいえ、下手をすると体を痛める。

忠太はそこに注意をして、立合の時間は極力控えめにしたのだが、ここにきて五人の門人達は、中西道場での稽古の意味が、少しずつわかり始めてきたので集中出来た。

相変わらず、天と話をしているような摑みどころのなさはあるが、中西忠太を、

――もしかすると、当代一の指南役なのかもしれぬ。

と、思い始めていたのである。

そうなると五人の心の内には、安川市之助の姿がいやでも浮かんでくる。

物ごとに対して、誰よりも深い造詣を抱くのが市之助であり、それが彼の魅力であった。

だが、それが強過ぎるために何かと思い悩み、気性の激しさが自分をあらぬ方へと走らせてしまう。

五人は、忠太に隠れて、よく市之助の話をした。

今ここにいたのなら、喜々として稽古に没頭したに違いなかったであろうに――。

ある日、稽古を終えると、名札や〝いせや〟製作といったこのところの忠蔵の労を労い、

「皆とそばでも食ってこい」

と、忠太が小遣い銭を持たせてくれた。

こういう時の行きつけは、柳橋袂の〝鶴亀庵〟であった。入れ込みの小上がりの一角が、ちょうど五、六人で膳を囲むに相応しい。

もっとも忠蔵としては、こんな時こそお辰の一膳飯屋へ行って、

「これで何か食べさせておくれ」

と、有り金を渡して、何かみつくろってもらう方が楽なのだが、ここで忠太と会うのは避けたいところである。

「まったく、若くて生きの好いのが来てくれる方が、こっちはありがたいんですけどねえ」

忠蔵が他所の店で食べると、お辰は忠太にそのようにこぼしていた。

「こういう時は、先生がどこか他所で食べりゃあいいのに」

それが偽らざる気持ちであった。

まったく、好かれているのか、嫌われているのかまるでわからない中西忠太であったが、特にこの日。

忠蔵達は、忠太に聞かれたくない話をしたかったのだ。お辰の店ではどこから忠太の耳に入るかもしれない。

その話とは、もちろん安川市之助のことである。

五人は、〝鶴亀庵〟に入ると、そばがき、かまぼこで舌鼓を打ち、忠太から一人二合までと決められている酒をちびりちびりとやりながら、膝を突き合わせたのである。

話題は、若杉新右衛門が持ってきたものだ。

彼は小野道場を破門になった後、盛り場で喧嘩をしたところ腕を見込まれて、夜鷹達をいたぶる町の破落戸達相手の助っ人に雇われたことがあった。

その時は、危ないところを中西忠太に救ってもらったのだが、彼を用心棒に誘ってくれた口入屋の親方に、昨日の帰り道にばったりと出会い、

「このところ青物問屋のはねっ返りの用心棒をしている、市さんてえのは、新さんのお仲間じゃあなかったのかい？」

と、市之助の噂を聞いたのだ。

「まあ、大店の娘のお守りというところだが、市さんはあの気性だからな。はねっ返

りに腹を立てて、やめてやらあ、なんてことになるのではないかな……」

新右衛門は、あれこれと想いを馳せて、一度しかしていないくせに、用心棒稼業の辛さを、そこから延々と話し始めた。

「だが、仕事にありつければ、それこそ稼ぎは好いのだろう？」

忠蔵が、新右衛門の冗舌をひとまず終らせんとして言った。

「それなら市さん、もう剣術などする気にはならないかもしれないな」

桂三郎は寂しそうに言った。

市之助にその気があるなら、何とかして忠太にとりなそうと考えている五人であった。

逆境を共に暮らした者への想いは、これほどまでに人の心をつき動かすものなのか――。

話しつつ忠蔵は、込みあがる感動を禁じえなかった。

新右衛門はそれからまた、安川市之助についての噂をしばしの間語った。

若者の話は時として、単調で愚痴が出る。だがそれが清々しく映るのは謎でしかない。

六

自分がそれほどまでに思われているとは知らずに、安川市之助は青物問屋のはねっ返りの外出の供をして暮らしていた。

寺社への参詣と習いごとで、お七はやたらと外へ出る。

自分に嫌がらせをしかけてくる者がいるのだから、もう少し控えていればよいのだが、

「こちらには何の非もないことです。言っておきますが、わたしはあの馬鹿息子の遊びに付合ってあげたことはありますが、わりない仲になったわけでもなし、嫌いになったから会いたくないと言ったからとて、何も恨まれる覚えはありません」

こちらが引き籠ると、かえって悪者にされる恐れもある、堂々と外出をしたいのだと言い切った。

用心棒の吉永も、それをありがたがっていた。

馬鹿息子の意を受けたらしき破落戸が、足を踏んだとか目が合ったとかで、お七とお供の手代、女中に絡んだこともあったというが、それもこのところは、まったく現れなくなっていた。

向こうがおかしな連中に声をかけるなら、こちらはしっかりとした用心棒を供に加えるだけだという意思表示が功を奏したのに違いない。

放埓（ほうらつ）な娘にも非があるというものだが、お七の二親も、そこは娘かわいさに目が曇（くも）るのであろう。

「こちらが一歩引かねばならない謂（いわ）れはない」

と、家の中に止（とど）めておこうとはしなかった。

こういう時は、いつも通りにしておかねば、かえっておかしな噂が立ちやすいと、親は親で思っているのだ。

みっともないといえば、ちょっと習いごとに行くのに用心棒を雇う方がおかしいはずである。

しかし、それが功を奏したのならば大したものだ。馬鹿息子の方も、これ以上もめたとて仕方がないと考え直したのに違いない。

この日も、そんな想いを胸に吉永が先導し、後方から市之助が見守りつつ、お七は薬研堀に鼓（つづみ）の稽古に出かけた。

――いつまで、あの白い猿に付合っていないといけないのか。

市之助は心の内で溜息（ためいき）ばかりついていた。

――いつまでこんな稽古が続くのであろう。

そういえば、中西道場でも同じ想いを抱いていた。

あの時の焦燥など、今思えば大したことはなかったのだ。

人は焦りを繰り返して、大人になっていくのだと、誰かが言っていた。

だが、それが大人になる印だというのなら、大人になるというのは、諦めの境地を得た時なのか。

――そうかもしれない。

市之助は自嘲の笑みを浮かべた。

母を楽にしてやりたい。

その想いは人として、男として正しいことだ。

だが、その正しさを楯に、自分は剣術の修行から逃げたのかもしれない。

武士の子として、当り前のように剣術を学び、その才を早くから認められた。

だからこそ、剣を極めようと思い立ったし、名門・小野道場に入れた喜びは一入であった。

自分は必ずや、剣でもって母を養っていけると信じていたし、強くなる自信もあった。

しかしそれは、双六でいうと、ただの振り出しに身を置いただけで、自分と同じように己が才を信じて疑わぬ者は、その辺りにごろごろとしていた。

「それしきの才で、いい気になるではない」

周りの誰もが自分を嘲笑っているような心地から、いつしか逃げたかったのではなかったか――。

剣術ばかりが武士の生きる道ではあるまい。

一度も刀を抜かずに生涯を終える武士が当り前の世の中なのだ。

母を養い、浪人の気楽さを生かして穏やかに暮らし、やがて妻を娶り子供を生し、その子にまた、安川家の望みを繋ぐ。

父は早くに亡くなったが、自分はその子のために生きよう。

その子が成人になるまで、ある目標を達するまで、この手で面倒を見てやろう。

自分はそういう繋ぎ役として、天から遣わされたのかもしれぬではないか。

――ふふふ、それが逃げだというのだ。

思考が一巡りして、市之助はまた、自嘲の笑みを浮かべた。

どうせこの白い猿も、夫を迎え少しは落ち着く日も来よう。

それも一、二年だ。稽古事に通うのも、あと僅かな間であろう。

職を失うその日まで、白い猿は安川家の金蔓なのだ。十間後からついて歩き、近付く者に睨みを利かす。そうするだけで月に二両になるのだ……。

そして、美津が言うように、金を得るということは並大抵ではなく、これを下手に求めれば、一生を棒に振る危険にさらされる。

その危険が迫ってきた。

堀と大川の水路にかかる難波橋にさしかかったところで、ぞろぞろと男達が広小路の方からやって来た。

時分は日が暮れ始めた頃で、辺りに人はまばらであったが、殺気立った男達の様子に、逃げるように散っていった。

市之助は、お七との間を詰めた。

男達が通り過ぎることを祈ったが、彼らは手代一人に女中二人を従えたお七の方へ向かってやって来る。その数は七、八人もいるであろう。

中には相撲崩れかと思われるほどの巨漢が一人。浪人風体の男も二人いた。

先頭に立つ男は、固太りで油断ならぬ顔をした三十男で、

「ちょいとお嬢さん、近くに駕籠を用意してありますので、乗ってやっていただけませんかねえ」

いきなりどすの利いた声をかけてきた。

ここはもちろん、前を行く警護役の吉永が間に入って、

「待て、駕籠の迎えがあるなどとは聞いておらぬぞ」

「そっちは聞いていなくても、こっちはお迎えにあがるように言われているんだよ」

「誰に言われた？」

「旦那(だんな)、お前には関(かか)わりのねえことさ」

「関わりはある。俺は警護を任されているのでな」

「何でもいいや。そこをのいておくんなさい。あっしは、お嬢さんと話があるんだ」

男は脅(おど)すように言い放つと、

「そこの若えご浪人も、用心棒か何かは知らねえが、のいておくんなさい。銭で雇われているってえなら、この旦那の分と一緒に、払ってさしあげますぜ」

と、語気を和らげて、市之助を見た。

お七は怒りと恐怖に声も出ず、わなわなと震えている。

どうやら馬鹿息子が、大逆襲に転じたようだ。

外聞が悪いと、市之助も吉永も、馬鹿息子の正体を報(しら)されてもいなかった。しかし、なかなかに性根の据った馬鹿らしい。

お七を無理矢理に攫って、どこかへ二、三日監禁してしまえば、もうそれだけでお七に傷がつく。

お上に訴え出れば、その分、お七の醜聞が広がる。お七の親は、誰にも知られぬように、お七を引き取ることを望むであろう。

その時に馬鹿息子はしゃしゃり出て、

「わたしが内済にしてみせましょう」

などと言って、金でもせしめるつもりに違いない。馬鹿の仕業とわかっていても、娘の居処は馬鹿に訊かねば仕方がないのだ。

市之助は、町場で暴れてきただけに、こういう勘は働く。

——なかなかの悪党ではないか。

馬鹿息子をなめきっていたお七が馬鹿なのだ。金で身を危険にさらすのが用心棒だが、今ここでお七から離れたら十両くらいの金にはなろう。

だがそれでは、話を持ってきた美津の顔を潰すことになる。

「さあ、ご浪人、二人ともどこかへ消えておくんなせえ。さもねえと、こっちにも気の短けえのが揃っておりやすからねえ」

男はちらりと後ろを見た。その数は男をいれて八人である。まず争っても勝ち目はない。

——だが、逃げたとなれば男がすたる。

吉永はまだ迷っているように見えるが、市之助は、ここがおれの〝いざという時〟だと肚を決めた。手代と女中に、お七を連れて逃げるよう合図をすると、

「狼藉者だ！　どなたかお出合いくだされ！」

市之助は突如として叫んで、お七達を橋の向こうに走らせた。橋の向こうには武家屋敷が建ち並び、辻番所もある。

何とか持ちこたえれば勝機もあろう。

「狼藉者だ！」

男達を悪者にすれば、刀も抜ける。市之助は抜刀すると峰に返し、

「お出合いめされい！」

と、振り回しながら橋の袂に立ち塞がった。

吉永も止むなしと抜刀した。

「手前……！」

一瞬、気を呑まれた男達は、出方に迷ったが、こうなれば無理押しにお七を攫い連れていくしかない。

「のきやがれ！」

市之助と吉永に殺到した。それでも二人は必死で抜き身を振り回したので、なかなか前へと進めなかった。

「おのれ！」

浪人二人が業を煮やして抜刀した。相撲崩れは手にした丸太棒を振りかざした。他の五人は懐に呑んだ匕首を抜いている。

市之助は猛然と前へ斬って出たかと思うと、お七達を追って、吉永と共に橋の上を駆けた。

すると、橋の向こう側から五人の男達が駆けて来て、お七達の行手を阻んだ。

――うむ……！　挟まれたか。

市之助は歯噛みしたが、五人はお七達をやり過ごし、

「狼藉者めが！　助太刀いたす！」

と、駆け付けて来た。

彼らは勇ましき若武者で、手には木太刀を持っている。

「忠さん……、皆……」

市之助の顔が、ぱっと輝いた。

五人はかつての仲間、中西忠蔵、新田桂三郎、若杉新右衛門、平井大蔵、今村伊兵衛――。

彼らは新右衛門が聞きつけた噂から、もし何かが起こるのなら、市之助が薬研堀に供をする時であろうと、五人でそっと稽古が終ると見張っていたのだ。

忠蔵はともかく、不良少年の四人には、市之助と同じく、そのような勘が身についていた。

「ち、畜生め……」

これに驚いたのは〝狼藉者〟達であった。

日暮れの薬研堀からの帰路が狙（ねら）い易いと当りをつけていたが、まさか本当に助太刀する者が現れるとは。

しかもその数は五人。

「や、野郎……！」

一気に乱戦となった。

相手には浪人二人、相撲崩れがいるが、市之助、吉永に五人の助っ人が加われば、八対七で、七人は全員剣を修める武士である。

市之助は構わず固太りに突進して、こ奴の匕首を打ち落とし、峰で肩を打ち据えた。

「狼藉者めが！」

律々しき若武者達が口々に叫んで木太刀を揮えば、馬鹿息子の廻し者達はたちまち破落戸の一団として人からは認識される。

中西道場の五人は、このところ〝いせや〟で立合をしているだけに動きが好い。手加減の仕方もわかっていて、木太刀で腕、肩、腹、腰辺りを軽く打つ。

軽いといっても、骨身に応える痛みである。それがおもしろいように決まった。

浪人二人は抜刀して脅そうとしたが、市之助、吉永が既に抜刀してそれぞれが対峙し、ジリジリと押していた。

この二人は用心棒が生業である。

「狼藉者！」

と決めつけられては困る。

「おい、今のうちに退散いたせ。追いはせぬ」

吉永は、傍らで丸太を振り回す相撲崩れが、忠蔵に胴を打たれ、その場に屈み込んだのを見て、逃げるように促した。

この辺り、吉永は真に機を見るのが巧みである。

下手に捕えられたら、用心棒稼業も商売あがったりなのだ。

一気にお七を攫って連れ去るつもりが、こうなっては役人が出て来る事態になろう。

橋の袂には野次馬が集まり始めていた。

二人の浪人は、それぞれ小刻みに頭を縦に振ると、納刀して橋の手すりに寄りかかっている固太りに、

「おぬしの策が足らなんだのだ！」

「もはやこれまで！」

怒ったように声をかけ、走り去った。

それを合図に破落戸達は、痛んだ体を引きずるようにして、散り散りに逃げ去った。

「すまぬ……、助かったよ……」

市之助は納刀すると、忠蔵達五人に頭を下げた。

「いやいや、通りかかっただけのことさ。こっちも久しぶりに暴れられて楽しかったよ」

忠蔵は、父親譲りの惚けた口調で言った。

桂三郎、新右衛門、大蔵、伊兵衛は、それぞれにこやかに頷いてみせた。

「伊兵衛、あの時はすまなかった。おれは、その……」

忠蔵は、市之助の肩をぽんと叩いて、

「市之助の思うようにすればいいのさ。だが、おれ達はいつまでも仲間だからな。それだけは言っておくよ……」

「ありがたい……」

市之助は、思わず言葉を詰らせた。

今ここであれこれ語り合うのも辛かろう。

他の四人も、市之助の肩をぽんと叩いて、その場を立ち去らんとした。

吉永が近寄ってきて、

「いや、助太刀をいただき忝うござった。市之助殿のお仲間かな」

如才なくにこやかに問うた。

「左様でござる。我々は小野派一刀流中西道場の者にて……」

伊兵衛が、ちょこざいな口を利いて、新右衛門に、でこをはたかれた。

「小野派一刀流、中西道場……」

五人は大きく頷くと、再び市之助に頬笑み、

「またな……」

口々に声をかけて、その場から立ち去った。

お七は、何か声をかけようかと五人を見たが、五人はまるで興を示さず去っていく。

「何だか、恰好好いな……」

新右衛門が呟いた。その隣で大蔵が、

「あれ？　今日は桂三郎の草履をはいていたよ」

「やっぱりそうか、どうもおかしいと思ったんだ」

「桂さん、足が大きいんだねえ」

無邪気に笑う伊兵衛――。

見送る市之助は、五人の後ろ姿が、

「いつでも戻って来るがいい。おれ達が何としてでもとりなすから……」

そう言っているような気がして、胸が大いに痛んでいた。

しかし、自分には仲間がいる――。

その想いが、彼の体をすっかりと軽くしていた。

七

翌朝。

中西忠蔵が、稽古場に出て体馴らしをしながら四人の相弟子が来るのを待っていると、道場に俄な来客があった。

門前を掃き清めていた老僕（ろうぼく）の松造が、慌てて応対すると、客は多町の青物問屋の番頭で、

「こちらのお弟子の皆様に、うちのお嬢様が危ういところをお助けいただいたそうでございまして、改めて主（あるじ）がお礼を申し上げに参る所存ではございますが、まずはわたくしがお訪ねいたしました次第にございます……」

と、丁重な挨拶（あいさつ）をした。

「左様でございますか……。まずはお上がりくださいませ。すぐに先生をお呼びいたしましょう……」

松造は、ひとまず番頭を、玄関から稽古場脇の廊下へと誘い、書院に待たせて中西忠太に取り次いだ。

桂三郎、新右衛門、大蔵、伊兵衛が次々に道場にやって来たのは、その直後であった。

忠蔵は四人に、

「ちょっと厄介なことになったぞ……」

と耳打ちした。

安川市之助絡みのことだけに、忠太が何と反応するか気が気でなかったのだ。

といって、五人は間違ったことはしていない。忠太に何を言われようが、黙って聞いていようと誓い合った。

やがて番頭が、平身低頭で書院から出て来て、稽古場の出入り口で手をついて、

「これは皆様、昨日は真にありがとうございました。お稽古のお邪魔になってはいけませんのでまた改めて参上いたしますでございます……」

深々と座礼をすると、あたふたと帰っていった。

「主殿によしなにお伝えくだされい」

続いて忠太が書院より出て、番頭を見送ると、稽古場にいる五人に、

「安川市之助が用心棒をしているそうだが、お前達は手伝ってやったのか?」

低い声で訊ねた。

「いえ、通りすがりに娘御が襲われているのを目にしましたゆえ、義を見てせざるは勇無きなりと存じまして……」

「助けたところ、安川市之助がそこにおりました……」

忠蔵と、それに続いて桂三郎が応えた。

忠太は何も言わずに、しばし五人を刺すように見た。この数日、稽古が終ってから〝いせや〟をさらに改良するために、〝伊勢屋〟に出来た作業場で、あれこれ工夫をし

たいと忠蔵が言うので、

「それもよかろう。あまり根を詰めぬようにな」

忠太は外出を許していたのだが、五人は市之助の用心棒稼業の心配をしていたようだ。

お節介を重ねて、お七という娘を付け狙う者がいて、どうも近々よからぬことを企んでいると聞きつけて見張っていたのであろう。

まさか昨日、本当に八人の男が攫いに来るとは思っていなかったのかもしれないが、とにかく市之助に加勢したことで、お七は無事でいられた。番頭は世間体を憚って詳しい話はしなかったものの、嫌がらせの張本人は戦々恐々としているらしい。

――何が通りすがりだ。見えすいたことをぬかしよって。

忠蔵も同じ家に暮らしているというのに自分に黙っているとは憎い奴だ。どうせすぐに知れるというものを――。

「ふん、また暴れよって、たまさかお前達の所業が娘を救ったからよかったようなものだが、まったく、お前達の暴れ癖は治っておらぬようじゃ。とは申せ、青物問屋は大喜びだ、謝礼も届けに来た。お前達も金のために働いたわけでもあるまいが、あるところからは遠慮なしにいただくのがおれの流儀だ。もっとも、娘のことはどうか口外せぬようにとの口止め料ではあるがな。お前達と山分けをしてもよいが、どうじゃな。これは稽古用の木太刀、袋竹刀、稽古着、それから〝いせや〟改良のための掛りに充てようと思うが」

怒るのかと思えばそうでもないらしい。

五人は中西道場が門人の謝礼で成り立っていないのはわかっている。

自分達が暴れたことで金が入るとは、夢のような話であるし、道場のために使えるなら尚ありがたい。

何よりも忠太の様子を窺う(うかが)と、安川市之助に対する怒りやわだかまりは消えているように見える。

だが、その心中を弟子に対して認めるかどうかはわからない。

「すべてはお任せいたします」

忠蔵が代表して言った。それが最善の答えであろう。

「そうか、ならばそういたそう。あれこれ言いたいことはあるが、人助けをしたお前達を叱るわけにもいかぬ。それについては、よくやった！　と申しておこう」

忠太はそれだけを告げて、何ごともなかったように稽古を始めたのだが、その日は騒がしいことが続いた。

突如として、噂の酒井右京亮が訪ねてきたのである。

若党、中間を供に、旗本の殿様の体面を保って現れるのはいかにも右京亮らしき、律々しさであった。

忠太はいささか面食らった。

そのうちに何か好い折を見つけて、見舞いに行かねばなるまいと思っていたのだが、なかなかよい折が見つからずに、日にちばかりが経ってしまっていた。

「これは、わざわざのお運び、痛み入りまする……」

忠太は丁重に請じ入れた。

幸いなことに、ちょうど門人達は形稽古をしていた。

忠太は、これまでの無沙汰を詫びると、

「いや、そっとしておいてもらいたかったゆえ、むしろありがたかったぞ」

弱ったところなど、人に見られたくないのが酒井右京亮である。忠太はそれをよくわかっていたゆえ、徒らに見舞いなどせぬ方がよいと思っていたのだが、それは当を得たものであったようだ。

「そなたがいよいよ弟子を取ったと聞いてな」

右京亮は祝いの金子を手渡すと、忠太と並んで見所に座り、しばし稽古を見た。

余計な口は利かぬのが武士であると、右京亮は日頃から公言している。そうなると口から出るのは、ほとんどが剣術に対する意見と、叱責となる。それが何とも面倒な殿様なのは、まるで変わっていない。

人は病などを経ると、生まれ変わったように穏やかになったりするものだが、その気配はまるでなかったのである。

――といって穏やかなこの御仁もまた不気味ではあるが。

忠太はこういうところ、まったく動じずに、おもしろがるところがある。右京亮のような洒落(しゃれ)の通じない男は、それが頭にきて何か叱っておきたくなるようだ。

忠蔵の他は、皆、小野道場を破門されているのを右京亮は聞き及んでいた。

それは正しく小野道場への反抗ではないかと思う反面、何人もの破門者を出したというのも体面上よろしくない。中西忠太がそれを拾い上げるのなら、それもまた小野道場への奉公とも言える。

右京亮の思考は、その辺りにおいては分別がある。今日は忠太がどのような稽古を、この出来そこないの剣士達にさせているのかを検分しに来たのだが、五人の門人達の型は、なかなかのもので右京亮を黙らせていた。

五人は日々の鍛練と、忠太が教えるこつを呑み込み、木太刀は虚空を斬り裂き、動きにはまるで乱れがない。

——見たか、我が門人を。

忠太は内心ほくそ笑んだ。そして、一旦、稽古を止めると、

「酒井右京亮先生だ。せっかくの折ゆえ、お言葉を賜るがよい」

五人に声をかけると、右京亮に畏まった。

右京亮は、いきなりふられて戸惑ったが、

「どのような稽古をしているかと思えば、なかなかによい。型と組太刀を大事にし、小野派一刀流の名を汚さぬように、な」

そう告げるしかなかった。

だが、彼の目は稽古場の壁に取り付けられた刀架にある〝いせや〟に目がいった。

右京亮は立ち上がってそれへ寄り、一振手に取って軽く振ると、

「これは何じゃ」

弟子達に問いかけた。

「それは〝いせや〟にござりまする」

思わず伊兵衛が応えたのを、

——余計なことを言うな。

忠太は目で窘めた。

「ふッ、左様か、〃いせや〃のう……」

右京亮は、これが何のために使われているのか、察しをつけた。

「〃いせや〃か〃おうみや〃かは知らぬが、こんな物で立合うているのか？」

ひとつあらが見つかったと、右京亮は語気を強めた。

「いえ、立合うているというわけではござりませぬが」

忠太はかわしたが、

「では何に使うておるのかのう」

「指南をしている折に、気合を入れんとして時に、それで叩いておりまする」

「左様か、それにしては人数分置いてあるが、おぬしはよほどこの棒が好きと見える」

右京亮は、忠太をじっと見て、

「よいか、剣術は子供の遊びではない。小野派一刀流の名において、玩具の刀で打ち合うような不様な稽古は控えるがよい」

「子供の遊び……？　玩具の刀？」

忠太は目の色を変えた。

「某はもう誰も小野派一刀流の門人を殺しとうはござらぬ。その〝いせや〟なる稽古刀は、それゆえ拵えた物にござりまする」

と、語気も鋭く言い返した。

「むむ……」

右京亮は気圧された。

中西忠太が、かつて仕合ばかりを望む、傲った門人を打ち殺したことを右京亮はよく知っている。

右京亮が窘めてきた仕合を、忠太もまた窘めんとして起こったのが、関口憲四郎の事件であっただけに、中西忠太が剣術を、

「子供の遊び」

などと思っていないのは明らかであった。

「おぬしほどの者が、剣術の厳しさを弟子に教え切れぬのが残念じゃと申しておるのだ」

「我が門人は、その辺りにいる若い者達よりも、剣術の厳しさはよほど心得ておりまする！」

忠蔵達五人は、師の言葉に感激した。

家では厄介者で、その活路を親の期待と共に小野道場に求めたが、ここでも厄介者扱いされてきた、桂三郎、新右衛門、大蔵などは特に忠太の言葉が胸に沁みた。

「さらに、某は小野先生から、お前はお前の一刀流を切り拓けと言われております。物ごとを切り拓くというは、絶えず茨の道を進むこと。試す物があれば、子供の玩具でさえ稽古に使うのが、我が中西道場の目指すところでござります」

これには右京亮は一言もなかった。

体調を崩し、屋敷に籠っている間に忘れていたようだ。中西忠太という剣客の凄みを――。

そもそも、同じ小野派一刀流で、同じ師の許で修行を積んだ二人であるが、相容れられぬこともある。

酒井右京亮は、小野派一刀流のこととなると、己が信念を曲げない男である。そして、他の意見は認められない。

「ほう、申したな」

右京亮は、〝いせや〟を刀架に戻して、

「その目指すところが、おかしなところに行かねばよいがのう」

睨むように忠太を見た。

「それならば一年の後、もう一度この弟子達を見てやってくださりませ。同じ年頃ではどこの道場の者にも引けはとらぬ剣士になっておりまするゆえ」

忠太は引き下がらぬ。

「どこの道場の者？　それは、浜町の小野道場も含めてのことか」

「無論にござる」

「ふッ、ならば仕合でもして優劣を決すると申すか」

「お望みとあれば。さりながら、酒井先生は仕合がお嫌いゆえ、それはお避けになられましょうが」

「避けたりはせぬ！　時として仕合をいたすは、これもまた剣術には大事だ」

「某もそう思いまする。どこまでも仕合をいたさぬのは、剣術の厳しさから逃げたに等しゅうござりましょう」

「よし！」

右京亮は、顔を真っ赤にして、

「逃げたと思われては傍ら痛し。このおれが働きかけて、二十歳にならぬ門人との仕合をさせてやろう。但し、大風呂敷を広げた上は、負けた時は覚悟いたせ」

「どのように覚悟いたせばよいかはわかりませぬが、承ってござる」

「よし、改めて談合をいたそう。首を洗うて待っていよ！」

酒井右京亮は、足音も高く去っていった。

忠太はそれを玄関まで見送ると、再び稽古場へ戻った。

「先生……！」

五人は忠太の男気を称えつつ、この先の右京亮の出方を案ずる複雑な顔を一斉に向けたものだが、忠太にはまったく悲壮な趣はなく、

「おい、お前達、一年後に仕合が決まったぞ！　これに打ち勝って、おれ達の意地を見せてやろうではないか。いや、おもしろうなってきたぞ。ははは、今から勝鬨(かちどき)をあげるか？　まだ早いな。ははは、酒井右京亮め、何を言ってやがんだ。おととい来やがれってえんだよ！」

忠太は、ただただ無邪気に気勢をあげたのである。仕合をするのは弟子達だというのに――。

五人はぽかんとして、しばしこの風変わりな師の顔を仰ぎ見た。

中西忠太、中西忠蔵、新田桂三郎、若杉新右衛門、平井大蔵、今村伊兵衛……。六枚の名札が、俄に外から舞い込んだ一陣の風にかたかたと揺れていた。

本書は、ハルキ文庫（時代小説文庫）の書き下ろしです。

お 13-23

熱血一刀流㊀

著者 岡本さとる

2020年3月18日第一刷発行

発行者 角川春樹

発行所 株式会社 角川春樹事務所

〒102-0074 東京都千代田区九段南2-1-30 イタリア文化会館

電話 03(3263)5247[編集] 03(3263)5881[営業]

印刷・製本 中央精版印刷株式会社

フォーマット・デザイン& シンボルマーク 芦澤泰偉

ISBN978-4-7584-4326-5 C0193

http://www.kadokawaharuki.co.jp/[営業]
fanmail@kadokawaharuki.co.jp[編集] ご意見・ご感想をお寄せください。

岡本さとるの本

「新・剣客太平記」シリーズ
（完結）

①血脈
②師弟
③俠気
④一途
⑤不惑
⑥黄昏
⑦決意
⑧哀歌
⑨追憶
⑩伝説

夫となり、父となっても、
荒ぶる魂を忘れない——。
峡竜蔵、壮年期の物語！

時代小説文庫